Robert Schneider

Wie ich das Laufen verlernte
oder
Mein langer Weg zurück ins Leben

Das Buch

Eigentlich wollte er nach Berlin. Stattdessen landet er im Rollstuhl. Wie er mit dem Urteil „Querschnittslähmung" fertig wurde, wie sich aus einem von Drogen betäubten Bündel Schmerzen langsam wieder ein Mensch entwickelte, das beschreibt der Autor so packend und authentisch, dass man das Buch kaum noch aus der Hand legen kann.

Man spürt regelrecht das Gefühlschaos, durch das er sich ohne Rücksicht auf Tabus seinen Weg bahnt.

Der Autor

Robert Schneider, Jahrgang 1957, IT-Trainer und begeisterter Rockmusiker ist durch einen Unfall im Juni 2007 querschnittsgelähmt. Bereits ein halbes Jahr danach stand er wieder auf der Bühne - im Rollstuhl. Nach Abschluss seiner Rehabilitation, in der er sich zur Drucklegung dieses Buches befand, will er auch wieder in seinem Hauptberuf arbeiten.

Er stellt hier sein Erstlingswerk vor.

Robert Schneider

Wie ich das Laufen verlernte
oder
Mein langer Weg zurück ins Leben

Biografische Erzählung

Bibliografische Information der Deutschen Nationalbibliothek
Die Deutsche Nationalbibliothek verzeichnet diese Publikation in
der Deutschen Nationalbibliografie; detaillierte bibliografische
Daten sind im Internet über http://dnb.d-nb.de abrufbar.

1. Auflage
Deutsche Erstausgabe
Copyright © 2008 by Robert Schneider
Umschlaggestaltung: Robert Schneider
Illustrationen: veeman
Herstellung und Verlag: Books on Demand GmbH,
Norderstedt
ISBN: 978-3-8370-6807-8
Printed in Germany

Für Naddy, Floh, Ninchen, Sis

und meine Mutter, die es mir vorgemacht hat

Junge, Du musst Dich jeden Morgen selbst in den Arsch treten!
(Margarete Schneider)

1
Der Unfall

*E*igentlich sollte es eine unvergessliche Trike-Tour werden. Obwohl, so gesehen wurde es unvergesslich. Nur die Tour war kürzer als geplant.

Viel kürzer.

Seit den Filmen mit Thomas Gottschalk und Mike Krüger sind meine Frau Renate und ich begeisterte Triker. Jetzt ist so ein Trike in der Anschaffung und Unterhaltung nicht gerade billig. Aber wozu gibt es Verleiher? Auf diese Weise können wir immer ein gut gewartetes und versichertes Trike fahren und in der Zwischenzeit steht es uns nicht in der Garage rum und nimmt Platz weg. Ich fahre am liebsten den Low Rider von Boom, Renate steht mehr auf den Highway. Gut, der Schalthebel unter der linken Pobacke ist jedes Mal aufs Neue etwas gewöhnungsbedürftig aber irgendwie gehört das dazu. Manche behaupten, die Boom Trikes wären für ihr Gewicht untermotorisiert, ich sage dazu gutmütig. Hallo, wenn ich Rennen fahren will, dann hol ich mir so ein rotes Teil aus Italien. Na jedenfalls, wir wollten mal einen anderen Verleiher ausprobieren und fanden einen ganz in der Nähe. Der machte auch einen guten Eindruck, hatte eine blitzsaubere, große Halle, in der jede Menge Leih- und Kauftrikes herum standen. Einige hatten den Schalthebel mitten auf der Tankimitation und sahen auch so recht flott aus. Kürzere Vordergabel, dafür ein paar PS mehr. Aus einer Ecke schaute verstohlen ein oller Low Rider hervor – ach komm, lass uns mal so einen neuen Flitzer antesten.

Gleich bei der Proberunde merkte ich, hoppla, die Dinger sind eine ganze Ecke sensibler, da muss ich den Gasgriff aber mit den Fingerspitzen bedienen. Renate war ganz begeistert und hatte sich schnell auf das etwas andere Fahrgefühl eingestellt.

Fast kam es mir wie ein Verrat an meinem guten alten Low Rider vor, aber das Glänzen in den Augen meiner liebsten Sozia...

Aus Kostengründen hatten wir uns entschieden, diesmal nur ein Trike zu leihen und uns beim Fahren ab zu wechseln. Dafür wollten wir eine ganze Woche unterwegs sein. Einmal quer durch die Republik, von links unten nach rechts oben und wieder zurück. Am 17. Juni, dem früheren Tag der Deutschen Einheit wollten wir in Berlin sein und Hand in Hand durchs Brandenburger Tor gehen. Das kannten wir beide nur mit so einer hässlichen Mauer davor. Anschließend hatten wir vor, uns an der Spinnerbrücke mit ein paar Leuten aus dem X8-Forum zu treffen. Privat fuhr ich seinerzeit einen Piaggio X8.

Aber manchmal kommt es eben anders...

Der 14. Juni versprach ein herrlicher Tag zu werden. Wir kletterten auf unser Trike und rollten gemütlich los. So gegen 8 Uhr war natürlich etwas Berufsverkehr. Wir konnten nicht direkt in die Hauptstraße einbiegen, sondern mussten auf eine Verkehrslücke warten. Da war sie auch schon. Also Kupplung, Gas, holla, nicht so viel, sonst steigt das Vorderrad. Aber der erfahrene Rollerfahrer weiß natürlich, wie man in einer solchen Situation reagiert. Gas geben und mit dem Oberkörper in die Richtung lehnen, in die man will und schon stabilisiert sich das Ganze wieder - Normalerweise. Heh, ich will nach links, nicht geradeaus, wo sind denn die Bremshebel geblieben, was macht denn die Mauer da – Bumm.

Ich liege da, schaue in den Himmel. Warum sitzt denn mein Helm so blöd? Der Motor läuft noch, den sollte ich vielleicht abstellen. Ich will die Hand heben, aber da, wo ich meine Hand vermute, schaut nur ein Stück Knochen raus. An meinem Unterarm baumelt ein Handschuh. Ah, da ist die Hand, tut gar nicht weh. Hihi, da müssen die in der Klinik aber ganz schön dran schaffen. Aber mein Rücken tut weh! Bestimmt bin ich auf diesen bescheuerten Idiotenbügel geknallt. *Rücken? Hab ich einen Unfall gehabt? Zum Glück haben wir Vollkasko. Wir? Unfall?? Scheiße!!!* NADDY, BIST DU OK??? Renate meldet sich, sie scheint in Ordnung zu sein. Ich bin froh, dass ihr nichts passiert ist. Aber was ist mit mir? Also, die Hand ist im Eimer, den Rücken habe ich mir an gehauen, das Atmen ging auch schon mal besser. Der Rücken, DER RÜCKEN!!! Mist, kann ich mit den Zehen wackeln? Weiß nicht, es tut alles ganz gemein weh. OK, keiner darf mich anfassen, da muss ein Spezialist für Rückenverletzungen her. Ich höre ein Martinshorn, dann noch eins.

Hallo, wie heißen Sie, wissen Sie was passiert ist. Scheint ein Polizist zu sein. Ich sage ihm, was er wissen will und noch, dass mich keiner anfassen darf, weil mein Rücken…

Hallo, ich bin der Rettungsassistent, wie heißen Sie? *Hab ich doch gerade erst, OK, Name, Schuhgröße, etc.* Wir müssen Ihnen eine Halsmanschette anlegen. Mich fasst niemand an! Ich habe den Rücken verletzt.

Hallo, ich bin der Notarzt, wie heißen Sie? *Nicht schon wieder!* Wir müssen Ihnen eine Halsmanschette anlegen. MICH FASST NIEMAND AN! Ich habe den Rücken verletzt!!!

Irgendwo hinter mir sagt jemand: "Jetzt reicht's ich geb ihm was." Dann geht das Licht aus.

Das Licht geht wieder an, aber irgendwie stimmen die Farben nicht. Es ist wie bei einem Sonnenuntergang im Hochsommer. Alles sieht aus, als würde ich es durch einen Weichzeichner betrachten. Ich sehe das Trike. Der rechte Kotflügel ist eingedrückt. Der Idiotenbügel ist ziemlich verbogen. Unter dem Lenker ist etwas abgebrochen. Aber so alles in allem sieht das ziemlich unspektakulär aus. Die Leute sehen alle zu einem Rettungswagen, der sich unter mir befindet und gerade losfährt. Wieso bin ich über dem Rettungswagen? Irgendetwas zieht an mir, dann geht das Licht wieder aus.

2
Intensivstation

„*H*allo, können Sie mich hören, wie heißen Sie, wie alt sind Sie?" *Ach Leute, lasst mich doch schlafen, ich bin so müde.* Ich gebe die gewünschte Auskunft, schlafe wieder ein.

„Hallo, können Sie mich hören, wie ist Ihr Name. Wissen Sie, wo Sie sind?" *JETZT REICHTS!!! Rede ich russisch???* Langsam werde ich sauer.

In den Nächten vor besonderen Tagen träume ich manchmal ziemlich wirres Zeugs. Meistens geht es darum, dass ich einen wichtigen Termin verschlafe oder mir vor einer Tour das Bein breche oder etwas in der Richtung. Dieser Traum ist aber ziemlich real. Ich öffne vorsichtig die Augen. Das erste, was ich sehe ist ein merkwürdiges Muster von im Kreis angeordneten Schlitzen. Später stellt es sich heraus, dass es die Ansaug-öffnung einer Klimaanlage ist. Langsam dämmert es mir, dass das jetzt kein Traum ist. Dann war der Unfall auch nicht geträumt? Ich liege im Krankenhaus? Wie schwer hat es mich erwischt?

Ein grün gekleideter Mensch steht vor mir und redet in einer Mischung aus lateinisch und badisch auf mich ein. Ich erfahre irgendetwas über eine zehnstündige Notoperation, über provisorische Einrichtungen, weitere Operationen. Nach einer Weile wird mir klar, dass er über mich redet und frage genauer nach. Also, meine Hand war nicht ab, sondern Elle und Speiche am Handgelenk abgebrochen. Dadurch sah das so aus, als würde die Hand am Unterarm baumeln. Hat sie ja eigentlich auch! Ist aber alles soweit mit Platten und Schrauben wieder an Ort und Stelle. Zwei Finger hat man wieder replantiert, die müssten aber gut an heilen. Die Zunge hatte ich mir abgebissen. Man hat aber fast alles wieder gefunden und zusammen genäht. Ein Stück hat man bewusst verkehrt herum eingenäht, um den Hauptzungen-nerv zum Wachstum anzuregen.

Um es vorweg zu nehmen, es hat funktioniert. Ich kann die Zunge fast wieder so gebrauchen, wie vorher. Hat aber ein paar Monate gedauert.

Die multiplen Rippenbrüche (multipel, soso) und die Lungenprellung würde man konservativ behandeln. Hört sich ja toll an, konservative Behandlung. Das heißt im Klartext, man macht nix, es heilt so. Oder nicht. Bei mir hat es so geheilt. Tut aber beim Wetterwechsel immer noch weh.

Das Beste hat er sich für den Schluss aufgehoben. Aber irgendwie habe ich es ohne das herum Gerede schon gewusst.

Der 9. Brustwirbel ist gebrochen und der 10. Brustwirbel ist zertrümmert. In der Not-OP wurde erst einmal der Druck davon genommen. In einigen Tagen wird mit Material aus der Hüfte der 10. Brustwirbel wieder aufgebaut, der 9. heilt so. Aha, konservative Behandlung. Scheint in meinem Fall der Renner zu sein. Inwieweit das Rückenmark verletzt ist, kann man noch nicht sagen. Die beiden Wirbel waren aber eineinhalb Zentimeter gegeneinander verschoben.

Das hörte sich erst einmal jetzt nicht so dramatisch an. Ich fand aber bald heraus, dass der Spinalkanal, durch den das Rückenmark läuft, ca. 8 mm Durchmesser hat. Die Verschiebung war also das Doppelte des Spinalkanaldurchmessers. An der Stelle hörte ich erst einmal auf, zu denken. Irgendwie kam mir das Bild eines Kabelbaums in den Sinn, der in einem Rohr verlegt ist. Irgendwer hat jetzt beim Übergang in ein anderes Rohr dieses andere Rohr seitlich um das Doppelte seines Durchmessers verschoben, also zwei Mal scharfe Kante – Hmmm.

Ich versuchte mit den Zehen zu wackeln, hatte auch das Gefühl, dass die Zehen noch da sind, aber ich bekam keine Rückmeldung. Ich konnte mich auch nicht aufrichten, um nachzusehen. Also fühlte ich mit der Hand nach, ob meine Beine noch da sind. Ich konnte zwar mit der Hand meine Beine

10

spüren, aber an den Beinen konnte ich die Hand nicht fühlen. Und dann diese furchtbaren Rückenschmerzen! Sobald ich auch nur einen Piepser von mir gab, war sofort jemand da und spritzte etwas in meinen Infusionsschlauch oder in den Zugang, den man mir an der linken Brustseite gelegt hatte. Das also ist eine Querschnittslähmung. Jetzt habe ich es ausgesprochen! Querschnitt.

Querschnitt – Ich bin gelähmt! Ich! Das passiert doch nur anderen! Das ist bestimmt ein Irrtum. Oder nur vorübergehend. Ach ja richtig. Deshalb die provisorische Not-OP. Die Richtige kommt ja in ein paar Tagen. Dann kann ich auch bestimmt wieder laufen...

Jaja, die Sache mit dem Laufen. Wenn ich damals gewusst hätte, dass das nicht Laufen das Wenigste dabei ist und was sonst noch alles hinterher kommt, ich weiß nicht, ob es diesen Bericht gäbe.

Und ohne meine Familie gäbe es diesen Bericht mit Sicherheit nicht! An dieser Stelle muss ich unbedingt für meine Familie eine Lanze brechen. Sie hat mich auf der Intensivstation in Karlsruhe täglich besucht, und in der Querschnittsklinik mehrmals pro Woche. Ich schreibe diese Zeilen knapp 10 Monate nach dem Unfall. Ich bin jetzt in der Reha im Schwarzwald. Bisher war ich noch nicht zu Hause gewesen. Aber jeden Sonntag ist meine Familie hier! Egal, wie es mir geht. Und ich fahre seelisch nach wie vor kräftig Achterbahn. Diese Unterstützung hat mir mehr geholfen als jedes Medikament und alle Therapien. Sie geben mir einfach das Gefühl, sie sind da. Gewaltig! Etwas anderes trifft es nicht. Egal was ist, sie sind da. Schlicht, einfach – die beste Medizin der Welt.

Ohne meinen Helm gäbe es diesen Bericht übrigens auch nicht. Am Kinnschutz war ein deutlicher Abdruck des Schalthebels, an der Rückseite hat sich Renates Helm eingeprägt. Und die Vorderseite – ja die hatte innigen Kontakt mit der Mauer und sah entsprechend aus. Tja, wäre ich auf die Idee gekommen, meine Protektorjacke anzuziehen... Aber wer fährt schon Trike mit einer Protektorjacke. Freunde, eines habe ich gelernt: Ein guter Rückenprotektor ist mindestens genauso wichtig, wie ein guter Helm. Aber zurück zu meiner Geschichte:

Renate war nach dem Unfall die paar hundert Meter nach Hause gelaufen, hatte die Taschen abgestellt, die wichtigsten Telefonate geführt und war in die Klinik nachgekommen. Wo sie schon mal da war, ließ sie sich auch gleich untersuchen. Zum Glück war sie mit einem gesplitterten Mittelfußknochen davongekommen. Sie bekam ein paar Krücken, sorry Unterarmgehstützen verschrieben. Der Bruch wurde konservativ behandelt. Als sie gegen Abend entlassen wurde, sagte man ihr, ich würde gerade in den Aufwachraum geschoben, sei soweit stabil und sie solle erst einmal nach Hause gehen und am nächsten Tag wiederkommen.

Kurz gesagt, an die Tage und Wochen auf der Intensivstation erinnere ich mich nur noch mühsam durch einen rosigen Nebel. Irgendwann wurde ich noch einmal operiert. Man verwendete eine Technik, die angeblich schonender für den Körper wäre. Durch ein kleines Loch an meiner Seite wurde ein Gas in mich gepumpt. Dann wurde durch ein weiteres Loch eine Optik geschoben. Durch noch ein Loch kamen dann die Instrumente hinein. Und wieder ein Loch diente dann als Abfluß für Blut und andere Körperflüssigkeiten. Mit Material aus meiner Hüfte wurde der 10. Brustwirbel ergänzt. Die Bandscheibe zwischen dem 9. und 10. Wirbel wurde entfernt und die beiden Wirbel miteinander verschraubt. Alles wieder raus, Löcher zukleben, fertig.

„Hallo, können Sie mich hören?" Schon wieder...

„Was können Sie in Ihren Beinen fühlen?" Also, Bestandsaufnahme, was hat die OP bewirkt?

Vorher spürte ich ab dem Nabel abwärts nichts mehr. Jetzt spüre ich ab dem Nabel abwärts nichts mehr.

Vorher fühlten sich meine Beine überhaupt nicht an. Bei meinen Füßen hatte ich das Gefühl, als wären sie in einem Gel gelagert. Mit viel Anstrengung hatte ich das Gefühl, meine Fersen ein wenig hin und her bewegen zu können. Jetzt – nichts. Gar nichts. Obwohl, das Gel war weg, dafür spürte ich Eisen. Die Beine bis zu den Füßen hinunter waren in Eisen eingespannt und das Eisen richtig fest angezogen.

Und dann ging es los! Nachdem der Weg frei war, kamen von der Bruchstelle in meinem Rücken irgendwelche Impulse beim Gehirn an. Mein Kopf versuchte, diese vermeintlichen Informationen irgendwie zu verarbeiten. Plötzlich hatte ich das Gefühl, mein linkes Knie schmeckt grün. Die rechte kleine Zehe tropfte Feuer. Meine Fersen waren Kaugummi, und kauten sich selbst. Plötzlich kamen hunderte von diesen total verdrehten Informationen in meinem Kopf an. Ich zitterte am ganzen Körper, schrie laut um Hilfe, begann wild mit meinem gesunden Arm zu rudern. Die Ärzte spritzten mir ein Mittel, mit dem man Halluzinationen bei Geistesgestörten behandelt.

In der nächsten Nacht bat ich um ein Schlafmittel. Dummerweise wirkte das so gut, dass meine Atmung beeinträchtigt wurde. Zum Glück funktionierten meine Reflexe in diesem Bereich noch, so dass ich aufwachte. Jetzt lag ich da, voll Panik und traute mich nicht mehr einzuschlafen.

Irgendwann schlief ich dann gegen morgen doch ein. In dieser Nacht geschah nichts mehr. In der Nacht darauf träumte ich, dass meine Freunde sich einen Spaß daraus gemacht hätten, mir ein Mittel zu verabreichen, das eine vorüber gehende Querschnittslähmung simuliert. Ich wurde wach, als die Nachtschwester meinen Kathederbeutel leeren wollte. Jetzt bekam die arme Frau den ganzen Segen ab. Ich stauchte sie nach allen Regeln der Kunst zusammen, was ihr denn einfallen würde, als examinierte Krankenpflegerin bei so einem üblen

Scherz mit zu machen. Die arme wusste überhaupt nicht, wie ihr geschah. Am nächsten Abend, als sie ihre Schicht antrat, entschuldigte ich mich bei ihr. Sie erklärte mir, dass frische Querschnitte auf die unterschiedlichsten Arten auf die Verletzung reagieren würden und ich mir keine Gedanken machen solle.

Langsam bekam ich Angst vor den Nächten. Ich legte mich regelmäßig nachts mit dem Pflegepersonal an, wurde ein richtiges Ekel. Tagsüber versuchte ich, mit ausgesuchter Höflichkeit mein Verhalten zu kompensieren. Eines Nachts wurde ich wach, verlangte nach dem Bereitschaftsarzt. Ich war der festen Überzeugung, man habe mich mit einem falschen Betriebssystem reanimiert. Ich verlangte von dem armen Kerl, er möge mir doch die Knoppix-CD entfernen und mich in mein altes Betriebssystem neu zu booten. Zum Glück war der Bereitschaftsarzt computertechnisch einigermaßen bewandert und konnte mir mit einer kräftigen Dosis des bewährten Paranoiamedikaments zu einer ruhigen Restnacht verhelfen.

Ich glaube, wir alle waren froh, als ich endlich in eine Spezialklinik für Querschnittsverletzte in die Nähe von Karlsruhe verlegt wurde.

3
Frischluft

*E*ndlich richtige Luft, ungefiltert, nicht klimatisiert. Fenster auf und Frischluft – herrlich! So gefroren, wie auf dieser vertrackten Intensivstation in Karlsruhe habe ich keinen Juni und auch keinen Juli vorher. Keimfreiheit hin oder her, muss das denn so kalt sein? Der erste Eindruck von der Querschnittsklinik war Frischluft. Der nächste Eindruck war Lachen, fröhliches Lachen. Ich komme doch jetzt dahin, wo die ganz kaputten hinkommen. Die, die im Rollstuhl enden. Wieso lärmen die denn alle so herum?

Nach den Wochen auf der klimatisierten, abgeschotteten Intensivstation war die Dosis Normalität, die ich erst einmal verpasst bekam, ein echter Schock. Vorher endete mein optischer Horizont an einer gegenüberliegenden Betonmauer. Jetzt war ich im obersten Stock eines Gebäudes, das zudem noch auf einem Berg gebaut war. Diese Aussicht – sensationell. Und die Luft, die frische Luft. Meine Zimmernachbarn lernte ich dann auch kennen, zwei junge Kerle, die Energie und Tatendrang ausstrahlten. Mein Bettnachbar, Alex, erklärte mir erst einmal was ein Tetraplegiker ist, Halswirbelverletzung. Oder ein Paraplegiker – Brust- oder Lendenwirbel. Was einen kompletten von einem inkompletten Querschnitt unterscheidet. Mir schwirrten die Fachausdrücke um die Ohren.
„Sach ma, bist Du Medizinstudent oder so was?"
„Nö, ich war Landschaftsgärtner. Aber nach ein paar Wochen hier hast Du das auch alles drauf."

Na klar! Und nächste Woche mach ich meine erste Herzoperation! Aber Alex hatte nicht Unrecht, nach einigen Wochen warf ich genauso mit Fachausdrücken um mich, wie alle anderen auch. Und mit noch etwas hat mich Alex beeindruckt. Er war ein sehr hoher Tetra, also hatte seine Verletzung sehr hoch im Bereich der Halswirbelsäule. So hoch, dass er noch nicht einmal mehr schwitzen konnte. Während wir uns unterhielten, fiel mir eine Rolle Hustenbonbons herunter.

Schwupps, war Alex aus dem Bett heraus, saß in seinem Rollstuhl, rollte zu mir herüber, bückte sich und hielt mir grinsend meine Bonbons entgegen. Moment mal, der ist doch ein Tetra, der kann das doch gar nicht...

„In ein paar Wochen kannst Du das auch" Junge, das war eine Initialzündung! Die Erkenntnis dämmerte nicht, die rumpelte heran, wie ein Güterzug. Wenn ein Tetra so etwas kann, was kann ich denn als Para alles anstellen? Da wusste ich noch nicht, wie viel Kraft und Ausdauer jedes Stück Normalität kostet. Aber es lohnt sich!

Und dann kam die Nacht!

Das Feuerwerk an unmöglichen Empfindungen war diesmal besonders intensiv. In einem lichten Moment merkte ich, dass ich dabei war, meinen gebrochenen Arm auszupacken. Ich ahnte, nein ich wusste, irgendwo in einem Winkel meines dahin schwindenden Verstandes, wenn ich das schaffe, dann kann ich das Handgelenk vergessen. Nie wieder Klavier spielen, nie wieder eine Gitarre in die Hand nehmen! Ich drückte den Rufknopf für die Pflege. Die Kontrolllampe ging an und wieder aus. Oh nein, jetzt versucht man, mich von der Pflege abzuschotten. Also wieder Knopf gedrückt. Lampe an – aus. Ich weiß nicht, wie oft ich den Knopf gedrückt habe, bis ich auf die Idee kam, ihn einfach gedrückt zu halten.

Irgendwann ging die Tür auf und der Pfleger vom Nachtdienst kam, mit mühsam unterdrückter Ungeduld, herein. „Hallo, ich hab's schon beim ersten Mal gesehen." Er hatte, um den nachts doch recht lauten Alarmton abzuschalten, die Meldung quittiert, woraufhin bei mir das Kontrolllämpchen wieder ausging. Für den erfahrenen Patienten als Zeichen, dass die Pflege den Ruf zur Kenntnis genommen hatte. „Ich drehe durch, ich glaube, ich werde verrückt!" Hatte ich das jetzt laut gesagt, oder nur gedacht. „Quatsch, Du verarbeitest". Eine Stimme, die für den langhaarigen ‚Bombenleger', der da vor mir stand, überraschend sanft und mitfühlend war.

16

„Sprich mal mit unseren Psychologen". Ich – zum Dachdecker? Ich brauch doch keinen, der mir mein Oberstübchen entrümpelt!

Am nächsten Morgen fühlte ich mich wie gerädert. Ach komm, was kann es schon schaden - ich bat um ein Gespräch mit einem Psychologen. Am selben Morgen kam ein netter älterer Herr herein, der sich als Psychologe vorstellte. Ziemlich schnell waren wir in eine kleine Plauderei vertieft. Prima, so lange wir so vor uns hin plaudern, bleibt mir der Seelen-striptease erspart. Von wegen, ich war schon mitten drin im Strippen. Bei ihm hörte sich die Geschichte mit dem grün schmeckenden Knie plötzlich total plausibel an. Er erklärte mir, dass dieses Informationschaos unter dem Begriff Miß-empfindungen bekannt sei. Es kommt bei Querschnitten sehr häufig vor, ließe sich aber mit Medikamenten gut in den Griff kriegen.

Und ich hatte mich schon in der weißen Jacke gesehen, die hinten zugeknöpft wird.

Danke Andy, der Tipp war goldrichtig!

4
Abführen!

„**S**agen Sie mal, würde es Sie stören, von einer Frau gewaschen zu werden?" „Kein Thema, Hauptsache, ich bin sauber". Moment mal, plötzlich ging mir der Sinn hinter dieser harmlosen Frage auf. Ich war keine Nummer mehr, nicht mehr der Querschnitt auf Zimmer 17. Ich war wieder ein Stück mehr Mensch. Ein Mensch mit Gefühlen, mit Interessen, mit Präferenzen und Abneigungen. Es könnte ja sein, dass ich aus ethischen, moralischen oder anderen Gründen mich nicht unbekleidet vor einer Frau zeigen möchte, die nicht meine Ehefrau oder meine Mutter ist. Auf der Intensiven kann man so etwas nicht berücksichtigen, deren Aufgabe ist es, das reine Überleben zu sichern. Aber hier… Und noch etwas fiel mir auf. Alle redeten sich mit dem Vornamen an. Ich war der einzige, der gesiezt wurde. Aber wenn Dir jeden Tag jemand den Finger hinten rein steckt und sich dabei im schönsten Plauderton mit Dir unterhält, da fällt es schwer, eine gewisse Distanz zu wahren. Wie, Finger hinten rein?

Ich habe lange überlegt, ob ich über das Thema schreiben sollte, aber es gehört einfach einmal dazu und ist ein Teil meines neuen Lebens. Ich spreche von dem Toilettengang. Also, wer hierüber nichts Lesen möchte, kann das Kapitel gerne überspringen. Für Rollstuhlfahrer ist es überlebenswichtig und ohne jede Peinlichkeit.

Tja, ein Fußgänger geht einfach zur Toilette, ein Vorgang, den man als Baby gelernt hat und über den sich kein Mensch mehr Gedanken macht. In meinem alten Leben habe ich mir meine Zigaretten geschnappt, etwas zu lesen und bin für eine gute halbe Stunde im Bad verschwunden. Herrlich, kein Telefon, keiner will etwas. Für mich war das die tägliche Erholung.

Aber was macht man, wenn Blase und Darm gelähmt sind? In der Blase steckte mir bis dato ein Bauchdeckenkatheder. Durch die Bauchdecke wird ein Katheder in die Blase geschoben. Ein Ende eines Schlauchs ist an diesem Katheder befestigt, das andere Ende steckt in einem Beutel, der am Bein befestigt ist. Dieser Beutel wird regelmäßig geleert – fertig. Dumm dabei ist nur, dass bei diesem System die Blase nie ganz leer wird. Der ganze Dreck, der normalerweise mit ausgeschieden wird, bleibt in der Blase und kann ziemlich üble Krankheiten verursachen.

Als der Bauchdeckenkatheder verstopfte, machen die gerne mal, bekam ich einen Dauerkatheder in die Harnröhre eingesetzt.

Jetzt wurde zwar die Blase komplett geleert, dafür war aber eine ständige Verbindung nach draußen offen, eine echte 4-spurige Autobahn für Keime. Voll beleuchtet und ausgeschildert, gewissermaßen.

Beim intermittierenden Kathederisieren, wir sagen einfach Kathedern dazu, lernt man, sich mehrmals täglich selbst einen Katheder durch die Harnröhre in die Blase zu schieben. Pieseln für Rollstuhlfahrer!

Das ,große Geschäft' ist deutlich undramatischer. Da gibt es ebenfalls verschiedene Lösungen. Je nachdem, wie beweglich man noch ist, geht das mit oder ohne Hilfe ab. Die Standardlösung wird als digitales Abführen bezeichnet. Hat nix mit Computerei zu tun. Das kommt von lateinisch Digitus, der Finger. Ich bin jetzt nicht mehr so beweglich, bei mir kommt täglich jemand und holt mit den Fingern die ganze Geschichte raus. Damit hatte ich die größten Gewöhnungsprobleme!

5
Weitere Operationen

Ja, da war ich jetzt in der Spezialklinik für Querschnitte gelandet und schon war es vorbei mit der beschaulichen Ruhe als Patient. Gleich am ersten Tag ging es los: Aufnahmegespräch - Hauptthema - Dekubitus. Deku-Was??? Als Querschnitt fühlst Du nicht, wenn beim Sitzen etwas kneift, eine Falte in der Wäsche ist oder etwas in der Art. Aha! Dummerweise kann eine übersehene Hautreizung schnell zu einer offenen Stelle werden. Die dumme Bemerkung mit offene Stelle, gleich beim Arbeitsamt melden, blieb mir im Hals stecken, als mein Gegenüber mir ein paar Bilder zeigte. Nicht schön, überhaupt nicht schön! Als einziges Hilfsmittel gilt entlasten, sprich im Bett bleiben. Das Thema, habe ich inzwischen gelernt, ist bei Rollstuhlfahrern ungeheuer beliebt. Jeder kann da das eine oder andere selbst erlebte beisteuern..

Gleich ging es weiter: Röntgen, Computertomografie, Magnetresonanzwasauchimmer, Ultraschall, Hurra Liebling! Es ist ein Junge!!!

Und das war erst der Anfang! dass alle möglichen Körperflüssigkeiten gecheckt werden, ist ja schon selbstverständlich. Zwischendrin wurde ein Abstrich von allen möglichen Körperteilen gemacht, sogar von meinen Haaren. Abstrich? Komme ich aus dem Rotlichtbezirk? Erklärung? Keime!

Wie, Keime??? In letzter Zeit muss es wohl in einigen Kliniken zu diversen Unannehmlichkeiten durch eingeschleppte Keime gekommen sein. Mir kam es etwas übervorsichtig vor, aber auch da wurde ich schnell eines Besseren belehrt, als nach 2 Tagen ein neuer Zimmernachbar sofort wieder abgesondert und in Quarantäne gesteckt wurde. Wieder was Neues, als Querschnitt bist Du wohl auch bei Keimen empfindlicher als der Normalbürger. Heh, Hallo, ich hab mir das nicht ausgesucht!!!

Ein paar Tage später wurde mir erklärt, es kämen wohl noch zwei Eingriffe auf mich zu. Aus meinem Handgelenk sollte ein Draht entfernt werden, der als zusätzliche Versteifung dafür sorgte, dass ich bestimmte, für den Bruch gefährliche Bewegungen gar nicht erst ausführen konnte.

Und mein Rücken, den wollte man auch noch mal aufmachen. Wie denn, da waren die Anderen doch schon 2 Mal drin gewesen? Ja, aber dem Professor war das, was da so in revolutionärer, neuer Technik eingebaut und in feinstem Titan ausgeführt worden war, absolut unzureichend. Also, mir hat das eigentlich gereicht. Anhand der Röntgen und anderen Durchleuchtbilder erklärte man mir, bei dem Zustand meiner Wirbelsäule könnte die leicht noch einmal brechen. Na Toll!!! Und was haben die vorher gemacht? Geübt, oder was???

Kurz, die Klinik vorher hat sich erst einmal darum gekümmert, dass ich überlebe. Na OK, das haben sie ja ganz ordentlich hin gekriegt. Irgendwie müssen die vergessen haben, mir zu sagen, dass das nicht die letzte OP war. Oder ich hab' s mit den ganzen Schmerzmitteln in der Birne nicht mitbekommen.

Am Vorabend der Rücken-OP kam der Operateur zu mir, um die Operation mit mir zu besprechen. So ganz nebenbei durfte ich noch einen Katalog von Telefonbuch-Stärke unterschreiben, welche Risiken und Nebeneffekte auftreten könnten. Alles erklärt und durchgesprochen. Toll, mein Krimi ist jetzt auch vorbei und der Mensch ist immer noch am erklären.

Er meinte, dass meine Wirbelsäule durch eine Vorerkrankung schon ziemlich krumm sei. Stimmt schon, aber an meinen krummen Buckel hatte ich mich im Lauf der Jahre gewöhnt. Ja man müsse ja sowieso den ganzen Rücken aufmachen... Hallohallo, den GANZEN RÜCKEN??? Alarm!!! Sind die noch ganz sauber?? Der Gute hatte wirklich Geduld mit mir. Er wollte nur wissen, ob man mich dabei gleich ein wenig aufrichten sollte? Wie, mein krummes Kreuz wieder gerade ? Heh Kumpel, willst' n Bier? Nee besser nich, der muss ja morgen früh schneiden.

Und wo ist der Haken? Verpackt in eine ziemlich ausführliche Erklärung, was er alles zusätzlich dafür noch machen würde, kam es:
Es wird sehr lange sehr weh tun.

Stimmt!!!

Sehr lange.

Und wirklich gemein weh.

Ich habe jetzt so viel Metall im Kreuz, damit könnte man locker die Queen Mary versenken. Die Verschraubung des 9. und 10. Brustwirbels wurde entfernt. Dafür hat man vom 7. Brust- bis zum 1. Lendenwirbel hinunter die Wirbel verschraubt. Das Ganze wurde ordentlich mit Stahlstreben links und rechts der Wirbelsäule versteift. In Höhe der Bruchstelle wirde noch zusätzlich verstrebt und verschraubt - Stahlbau vom Feinsten.
Und die lange Narbe über den ganzen Rücken, die toppt jedes Arschgeweih.

Ach, übrigens. Meine Hand kann ich auch wieder bewegen.

6
Sensenmann, die Zweite

*U*nd er hat mich wieder nicht gekriegt!

Ich liege nachmittags in der Krankengymnastik auf der Liege und will lernen, mich umzudrehen. Das ist gar nicht so einfach. Der Oberkörper kommt herum, bloß die Beine, die bleiben liegen, wie angeklebt. Ich greife um die Liegenkante herum, will gerade ziehen.

"Heh, nicht mogeln, das muss auch so gehen." Die Therapeutin rückt ihre Brille zurecht. Abgefahrenes Teil übrigens, die Brille. Die verleiht ihrem Gesicht etwas Freches. Passt aber.

Heh, nicht ablenken lassen, sonst gibt's Mecker.

"Los, gleich noch mal. Und jetzt ohne Festhalten:"

Sklaventreiber!!! Na gut, sonst gibt sie ja doch keine Ruhe. Wieso fahre ich eigentlich so Karussell? Und eine Kälte ist das hier?

"Sagen Sie mal, ist Ihnen kalt?"

Kalt? Auf einmal klappern meine Zähne los, wie eine Uzi, könnt auch 'ne Heckler und Koch sein. Jedenfalls rattert mein Unterkiefer, dass ich Angst um meine Zähne bekomme. Saukalt, ist die Heizung kaputt?

In Rekordzeit bin ich wieder auf meinem Zimmer. Fieber gegen 40°, Tendenz steigend.

Was ist das denn jetzt schon wieder? Die Stationsärztin hat auch schon entspannter geguckt. Ich bekomme eine Infusion angehängt, die Beine werden abgedeckt, damit sie kühl werden. Ich bin klitschnass, schlafe irgendwann ein.

Am nächsten Morgen ist alles OK. Ich bin ein bisschen schlapp, aber fieberfrei. Keine Ahnung, was das war.

Am Nachmittag dasselbe Spiel. Plötzlich rattern meine Zähne los, als würden sie dafür bezahlt. Das Ganze geht über eine Woche. Die Ärzte lassen die volle Diagnostik auf mich los - nichts. Die Pflege plündert die Eismaschine auf der Privatstation.

Ihr könnt mich doch nicht...

Sie konnten. Das Fieber musste runter.

Diese Fieberschübe kosten ungemein Kraft. Irgendwann, ich habe jedes Zeitgefühl verloren, weiß ich, dass ich es nicht mehr lange aushalte. Langsam geht meine Kraft zu Ende. Ich werde immer ruhiger. Soll es das jetzt gewesen sein? Schade, aber irgendwann bist Du einfach dran. Ich war bereit, loszulassen.

"So, dann fahren wir nochmal zu einem Test!"

Ach Leute, lasst es gut sein, ich hab keine Kraft mehr!

Der Röntgenologe erklärte mir irgendwas über ein Hämatom unter meiner Lunge, da wolle er mit Ultraschall...

Halt, was ist das denn? Ob es der Doc zuerst sah, oder ich - egal, da war eine scharfe Kante. Bei näherem Hinsehen sah es aus, als ob da etwas in der Nierengegend stecken würde.

Eine Viertelstunde später war ich in der Urologie und lag wieder neben einem Ultraschallgerät. "Sehen Sie mal." Der Urologe war ganz begeistert. "Da ist ein wunderschöner Stein in Ihrem Harnleiter."Ganz Toll, wunderschön! denke ich. Heraus kommt: "Hä?" "Ja, das ist die Leitung von der rechten Niere in die Blase. Wenn die verstopft ist, dann gibt es einen Rückstau in die Niere und das ist gar nicht gesund"

Noch in der selben Stunde war ich unterwegs in eine urologische Spezialklinik. Dort wurde ich noch ein paarmal durchleuchtet, mit und ohne Kontrastmittel. Ich hörte, dass man die Anästhesistin noch im Auto auf dem Nachhauseweg erwischt habe und sie würde herumdrehen.

Irgendwie bekam ich das alles nicht mehr so richtig mit. Ich wollte eigentlich nur noch meine Ruhe haben.

"Unterschreiben Sie hier bitte mal", "Vertragen Sie irgenwelche Medikamente nicht"?

Ach, Leute was soll denn die ganze Hektik?

Spritze - Licht aus!

"Hallo, können Sie mich hören?"

Ein deja vú! Oder eine Zeitschleife?

Mühsam öffnete ich ein Auge. Nein, der Raum sah anders aus. Und, wo ist der Stein?

Man hatte keinen Stein gefunden. Sicherheitshalber wurde ein

Stent in den Harnleiter eingesetzt, damit alles wieder abfließen kann. Ein Stent ist übrigens eine Vorrichtung, die ein Gefäß offen hält, meistens ein Metallgeflecht, dass in das Gefäß eingesetzt wird und die Gefäßwand stützt.

Jedenfalls habe man aber noch rechtzeitig reagiert, bis zu einer ernsten Situation wäre locker noch ein Tag Zeit gewesen.

Ernste Situation, soso. Klappe zu, Affe tot - oder was. Was soll's wir haben es ja noch mal geschafft.

Eine Woche später war das Fieber weg und ich konnte wieder in meine Querschnittsklinik zurück.

Ein paar Wochen gingen ins Land. Der Stent sollte wieder raus. Ambulant. Diesmal kam ich mit meinem Rollstuhl hinten in einen Transporter hinein. Der Rollstuhl wurde verzurrt und los ging es. Meine letzten verbliebenen Bandscheiben sangen auf dieser Fahrt den Schlagloch-Kanon. Ich glaube, der Fahrer wurde nicht nach Kilometern, sondern pro getroffenes Schlagloch bezahlt.

Ich also wieder rein in den OP. "Sagen Sie mal, wie ist denn Ihre Lähmungshöhe? Spüren Sie denn in dem Bereich überhaupt etwas?"

Fazit: Stent wird ohne Betäubung gezogen - Durch die Harnröhre!

Mittags war das Fieber wieder da.

Ich wurde für den nächsten Morgen als erster auf den OP-Plan gesetzt.

Spritze - Licht aus.

"Hallo, können Sie mich hören?"

Hmmm!

Jetzt will ich aber den Stein sehen!

Betretene Mienen. Man hat den Stein wieder nicht gefunden und erst einmal wieder einen neuen Stent gesetzt, um risikoärmer weitersuchen zu können.

Ach, deswegen saß da ein Hund vor dem OP und hat auf einen weißen Stock aufgepaßt.

Jetzt war aber Gesprächsbedarf mit der Klinikleitung. Also, ich hielt mich ja bis dahin für einen Spezialisten im Fehler weg erklären. Aber der Chefarzt, der war richtig gut! Ein Rhetoriker der Leistungsklasse.
Ein kleiner Plausch mit dem Oberarzt brachte mich wieder auf den OP-Plan.

Spritze - Licht aus.
"Hallo, können Sie mich hören?"
WO IST DER STEIN?
Zertrümmert und herausgeholt. Vom Oberarzt selbst. Er bestand wohl aus einem Material, das kein Röntgenecho wirft.
Also der Stein, nicht der Oberarzt.
Sachen gibts.

Einige Wochen später wurde der Stent, den man zur Sicherheit noch drin gelassen hatte problemlos entfernt.
"Oh, darf ich den als Andenken behalten?"
"Der ist so septisch, den können wir Ihnen nicht mitgeben, aber ansehen können Sie ihn schon."
Nicht gut! Gar nicht gut! Leute guckt Euch das Ding nicht an, wenn ihr mal sowas habt!!!
Ich dachte immer, das sind so fragile Netzkonstruktionen. Das haben die sich doch bestimmt von der Berufsfeuerwehr ausgeliehen. Bloß, um mich zu erschrecken! Das Ding ist mir durch meine Harnröhre und meine Blase in den Harnleiter eingesetzt worden?
Und ohne Narkose wieder heraus geholt?
Nein, ich möchte gar nicht wissen, wie. Es gibt Dinge, die muss man nicht wissen. Und braucht sie sich auch gar nicht vorstellen...

7
Der Weg geht weiter

*E*s ist Oktober. Langsam habe ich mich in der Querschnittsklinik eingelebt. Auch die Krankenhausküche reißt mich nicht mehr zu Spott und Häme hin.

Ich komme von einem meiner ambulanten Eingriffe aus der Urologie, sprich ich war mal wieder 'ne Woche weg. Diesmal hatte es wenigstens mit dem Abführen geklappt. Das letzte Mal haben die mich gewindelt, die Nasen. Als ich wieder da war konnte ich den lebenden Beweis dafür antreten, dass der Mensch vom Affen abstammt. Also ich vom Pavian, jedenfalls... Aber ich schweife mal wieder ab. Junge, Du schwafelst, höre ich meine Schwester sagen. Ist ja gut!

Die Stationsleiterin kommt und erzählt mir etwas über eine Reha-Klinik im Schwarzwald. Wie, jetzt wo ich mir zum dritten Mal wieder so viele Muskeln antrainiert habe, dass ich meinen Rollstuhl aus eigener Kraft weiter als 10 Meter bewegen kann? Jetzt soll ich wieder weg? Ich höre so etwas, wie Pflegesatz und Krankenkasse heraus.

Na klar! Die Vorstände erhöhen sich mal wieder die Gehälter aber ich... STOP! Ich wollte ja hier nicht politisieren.
Na toll, jetzt hat meine Frau endlich mal ein paar Tage frei, da wollte sie eigentlich in der Pflege mitlaufen. Könnte ja sein, dass mal die Sozialstation abbrennt, oder so.

Eins hat man mir sehr schnell klar gemacht. Meine Frau ist entweder meine Partnerin oder meine Pflegerin. Beides geht nicht, dann geht eines von beiden kaputt.

Ehrlich gesagt, es hat einen guten Moment gedauert, bis ich es wirklich kapiert habe. Inzwischen habe ich ein paar Leute getroffen, die meinten, es gehe beides.
OK, ich hab's kapiert!

Heh, ich hab die tollste Partnerin überhaupt abgekriegt, das lass ich mir doch nicht kaputtmachen! Durch nix, dass das mal klar ist!

Natürlich schadet es nicht, wenn sie sieht, was bei meiner Pflege so abgeht. Aber wie managen wir das jetzt nur?

Aus Schwächen Stärken machen, das haben wir doch früher schon ganz gut hin gekriegt. Dann soll sie zwei Tage hier mit laufen, dann den Umzug mitmachen. Dann weiß sie auch gleich, wo's ist. Dann noch ein, zwei Tage in der neuen Klinik - langt!

Gesagt, getan, die letzten Tage sind voll gestopft mit diversen Untersuchungen, Gesprächen, Formularen. Oh ja, Formulare - da ging locker mal ein kleines Wäldchen durch den Drucker.

Es sollte ein Gesetz geben, dass für jeden Menschen nur so viel Papier beschrieben werden darf, wie er wiegt. Obwohl, das müsste ja dann auch wieder gedruckt werden. Hm, war nix...

Am letzten Tag, keine Ahnung, wem das auffiel, jedenfalls muss meine Frau unbedingt noch lernen, wie sie mich aus dem Bett in den Rollstuhl kriegt und latürnich auch wieder ins Bett. Eigentlich weiß sie doch ganz gut, wie sie mich ins Bett - Autsch! Liebe Männer, es gibt Witze, die etwas verlieren, wenn euch gerade zwei Frauen im Schwitzkasten haben.

Nach einer guten Stunde sind wir beide naß geschwitzt und ziemlich aus der Puste. Aber es funktioniert. Und so ein Erfolgserlebnis tut richtig gut!

Unser breites Grinsen friert allerdings jäh ein, als die Therapeutin uns höflich und mit leicht diabolischem Lächeln ins Treppenhaus bittet...

"Haben Sie schon gelernt, mit einem Treppensteiggerät umzugehen?" Puh, gerettet, das können wir schon.

"Na prima, und jetzt stellen wir uns vor, wir haben kein Treppensteiggerät und der Lift ist ausgefallen." Nee, oder? Und jetzt gibt's die volle Packung!

Kippschutz wegklappen! Sehen Sie, da treten Sie drauf und kippen mit den Handgriffen den Rollstuhl nach hinten. PANIK! HILFE!

Sobald die Vorderräder hochgehen, sehe ich wieder die blöde Mauer auf mich zu rasen. NICHT KIPPEN! NEIN! AUFHÖREN!

Keine Chance, jetzt geht es die Treppe rauf, wieder runter, ich darf mithelfen, dann wieder die Arme auf der Brust überkreuzen...

Irgendwie geht auch diese Stunde(?) vorbei, meine Nebennieren haben sich inzwischen komplett in Adrenalin verwandelt und sehen bestimmt aus wie zwei Rosinen. Ich will nur noch ins Bett. Meine liebste Bettgenossin sieht aus, wie ein Möbelpacker nach 'ner Doppelschicht.

Die Abschiedsszenen am nächsten Morgen halten sich in erfreulichen Grenzen. Ich werde aus dem Bett auf die Krankentrage gehoben. Mein Rollstuhl bleibt da, der gehört der Klinik. Ob ich jemals wieder einen so bequemen kriege?

Ich bitte den Fahrer doch gelegentlich mal in den Rückspiegel zu sehen, da unser Auto nicht mehr das neueste ist und mit knapp 40 PS auf der Bergstrecke eventuell nicht so ganz mithalten könnte.

Dann geht es los über die wunderschöne Schwarzwald-Panorama-Was-Weiß-Denn-Ich-Für-Ne-Straße - und das mit mir Klaustrophobiker hinten im geschlossenen Kastenwagen. Vorne drin ein direkter Nachkomme von Niki Lauda. Ein Riesenspaß!

Ich bin heilfroh, dass der Eimer hinten so eine Art Schießscharten hat. Da kann ich wenigstens ab und zu einen Blick auf meine liebste Chauffeurin erhaschen. Ihrem Gesicht nach zu urteilen hat wenigstens sie ihren Spaß an der Strecke.

Doch auch der schönste Spaß hat einmal ein Ende, wir halten vor einem grün gestrichenen Stahlbau.
Mein neues Zuhause für die nächsten Wochen? Monate?

8

In Se Reeehaaa

Komisch, an welche Details man sich doch so erinnert. Ich weiß noch, dass ich bei meinem Einzug in die Reha-Klinik den alten Titel "In The Navy" im Ohr hatte. Da gibts auch noch was von Amy Winehouse, (schreibt die sich so?) They want me to go to rehab... oder so ähnlich. Die Sängerin von der Hausband hier, die singt das auch. So richtig g... Ja, die Hausband, die ist ein eigenes Kapitel wert.

Kriegt sie auch.

Alter, du schwafelst!

Ja, da wurde ich also auf der Trage hineingerollt, in den nächsten Abschnitt meines Weges, meine liebste Kofferträgerin im Schlepptau.

Aha, das Zimmer wird also jetzt die nächste Zeit mein Heimathafen sein, um mal bei Navy zu bleiben.
Heh, mein eigenes Zimmer!
Typ Kinderzimmer moderner Wohnungsbau. In den Staaten wäre das ein begehbarer Kleiderschrank geworden. Das Tierschutzgesetz sagt, dass der Zwinger eines deutschen Schäferhundes mindestens 9 qm haben muss. hmm. Na gut, ich bin ja auch kein deutscher Schäferhund.
Aber ich hab mein eigenes Zimmer. Mit meinem eigenen Bad. Und meinem eigenen Fenster. Das ich aufmachen kann, wann immer ich will.
Könnte.
Wenn ich drankäme.
Aber immerhin. Außerdem kann ich jederzeit die Pflege bitten. Und das Fenster nimmt die ganze Wand ein.

Hallo, die Schwester stellt sich mit dem Vornamen vor, läßt das Schwester weg. Hier reden sich eh alle mit dem Vornamen an, da können wir uns die Formalität schon mal sparen, wenn mir das recht ist.

Ist mir sogar sehr recht.

Ich glaube, hier läßt sich's aushalten.

Drei Tage später kam die Anweisung aus der Firmenzentrale. Ab sofort sind alle Patienten mit Nachnamen und Sie anzureden. Heh, das gab Stimmung!

Ich konnte natürlich meine große Klappe wieder nicht halten. "Ganz einfach, ich bestehe darauf, nach wie vor mit Vornamen angeredet zu werden und berufe mich dabei aufs Patientenrecht. Den entsprechenden Paragrafen suche ich gerne heraus."

Klappt jedes Mal.

Ich glaube, jetzt wird es Zeit, mal der Pflegetruppe hier eine Lanze zu brechen. Stellvertretend für die meisten Pflegetruppen, denen ich in der letzten Zeit so ausgeliefert war. Erst einmal, Querschnittpatienten sind nicht gerade die einfachsten. Ich habe hier unter den Patienten extrem viele Individualisten kennen gelernt. Manche waren schon, sagen wir mal, sehr individuell. Dabei immer freundlich zu bleiben und gleichzeitig professionelle Arbeit abzuliefern, das kann man nur bedingt lernen. Da gehört ein gut Teil Enthusiasmus und Identifikation mit der Aufgabe dazu.

Dann kommt dazu, dass man sich körperlich zwangsläufig sehr nahe kommen muss. Über Wochen und Monate hinweg. Da wird die Distanz, die man zu wahren hat zu einem ganz, ganz schmalen Grat.

Auch wenn ich Euch gerne mal kräftig durch den Kakao ziehe, das ist halt meine Art, zu ziehen.

Den Hut.

Ganz tief.

Mit Verbeugung.

9
Wassertherapie

*W*enn ich gerade mal keinen Blaseninfekt habe, keine offene Stelle, keinen Durchfall, dann gehe ich zwei, drei Mal in der Woche morgens zur Wassergymnastik. Hört sich toll an, Badehose an, Bademantel drüber und schnell ein paar Bahnen im hauseigenen Pool gezogen.

Das mit dem Pool kommt so hin, aber es ist natürlich bei mir etwas mehr Aufwand. Kathedern, Ausräumen, Waschen, Badehose an und in den Duschstuhl. Der Bademantel wird verkehrt herum angezogen, das ist im Sitzen einfacher. Jetzt geht das schon ganz gut, aber vor ein paar Wochen war das noch viel lustiger. Lageänderungen, von gestreckt nach gebeugt, vom Sitzen zum Liegen waren äußerst schmerzhaft. In den Duschstuhl kam ich nur mit einem Tuchlifter. Selbst der Bandlifter tat zu sehr weh, da hier eine zu große Zugbelastung auf die Wirbelsäule auftrat.

Vom Duschstuhl ins Becken war immer ein Erlebnis. Alle waren schon im Wasser. Ich mal wieder das Letzte. Der Lifter hebt an, das Tuch strafft sich. GNNN! Die Schmerzen malen sich auf meinem Gesicht ab. Ich versuche, nicht zu schreien, beisse mir auf die Finger, will nicht als Weichei dastehen. Im Wasser, wenn ich gestreckt werde noch einmal das selbe Spiel.

Aber dann!

Schwerelos treibe ich dahin, nur von meiner Therapeutin gehalten. Die Schmerzen sind wie weggeblasen. Die Verkrampfungen lösen sich, ich fühle mich einfach bloß wohl. Hier hat man wohl nicht mitbekommen, dass Therapien unangenehm sein müssen, sonst helfen sie nicht.

Ist natürlich Unfug, man hat sehr gut verstanden, dass Therapien, um zu helfen durchaus auch einmal angenehm sein können. Und mir hilft das Wasser ungemein.

Einmal wollte ich es wissen. Immerhin war ich mal Rettungsschwimmer.

"Mensch, mach mich doch mal los." Wenn ich will, kann ich herrlich flehende Blicke werfen. Das habe ich meiner Tochter abgeschaut, wenn die was von ihrem Papa will...
"Also gut", meine Therapeutin zog mir die Schwimmhilfe weg.
Ich hätte vielleicht vorher darüber nachdenken sollen, wie sich gelähmte Beine und jede Menge Stahl im Rücken auf den Auftrieb auswirken. Kurz: Blubb, und weg war ich.
So viel zum Thema Rettungsschwimmer.

Ich hab die Faxen dick! Jedes Mal ins Wasser AUA, aus dem Wasser AUAAA! Was kann ich denn nur tun. Ein Pfleger sagt, kanalisieren. Hä? Nicht schreien, singen!
HÄGÄÄÄRNHABICHDIEFRAUNGEKÖÖÖST
Totenstille im Schwimmbad. Jetzt ist er ganz abgedreht. OK, War nix. Aber die Richtung ist nicht schlecht.
Das nächste Mal, als ich wie eine Gurke im Einkaufsnetz unter der Decke schwebe, versuche ich es mit Elvis, besser, aber auch nicht der wahre Jakob. Beatles, Stones, nee, paßt irgendwie nicht.
Wie sieht's den mit Errol Flynn aus? IN DIE WANTEN, IN DIE FREIHEIT! Wenigstens ernte ich das eine oder andere Grinsen.
WIE SCHALLT'S VON DER HÖH? Höre ich da eine zaghaftes Hollaröduliö?
Oder beim Eintauchen: Hurra, ich bin ein Teebeutel!
Das war jetzt gar nix, den Spitznamen werde ich so schnell nicht los.

Inzwischen sinkt, jedesmal, wenn ich ins Schwimmbad gerollt werde, sofort der Geräuschpegel. Mal sehen, was er heute wieder bringt.

Heute halte ich mal die Klappe, hatten wir noch nicht. Man nimmt es bemerkenswert gelassen auf. Kann natürlich auch sein, dass ich mich viel zu wichtig nehme. Genau betrachtet, ist die zweite Lösung wahrscheinlicher.

Noch etwas fällt mir auf: Ich ziehe meine kleine Show schon eine Weile um ihrer selbst Willen ab. Meine Schmerzen sind nämlich viel besser geworden.

Ich sag doch, es hilft..

10
Physiotherapie

"WENN ICH SAGE, ICH WILL ZEHN KLIMMZÜGE SEHEN, DANN WILL ICH ZEHN KLIMMZÜGE SEHEN UND KEIN WORT HÖREN!"
"JAWOLL HERR THERAPEUT!"

Nach den Beschreibungen in der Akutklinik habe ich mir etwas in der Art vorgestellt. "In der Reha, da werden Sie fit gemacht, das ist nicht so lasch, wie hier". Schaunmermal, sagt der Franzl immer.

Ich komme in die Turnhalle reingerollt. An der Wand sind Liegen angebracht. Darauf liegen Menschen in ziemlich schmerzhaft aussehenden Stellungen. Vor, neben und mit auf den Liegen sind andere Menschen in rot-weißen Anzügen, die mit den Liegenden seltsame Bewegungen durchführen.
Auf der anderen Seite sitzt jemand im Rollstuhl und hat die Arme nach links und rechts an Seilen eingespannt. An den Seilen hängen Gewichte. Sieht nicht besonders angenehm aus. Ein Stück weiter hängt jemand auch an Seilen in einer Art Käfig. Unterkörper in der Luft, Oberkörper auf der Liege. Oh, je, da kommt was auf mich zu! Na, jedenfalls schreit hier keiner rum.

"Hallo", huii, die sieht aber fit aus, scheint unter dem Schlabberanzug auch gar nicht mal so schlecht dazustehen. Für's Erste hat sie mal ne ganz nette Stimme, stellt sich mit Vornamen vor. "Ich bin für die nächste Zeit deine Therapeutin". Also nix mit jawoll Herr Therapeut. Ich bin erstmal noch skeptisch. Sie drückt mir eine kleine Klappkarte in die Hand auf der ein paar Termine eingetragen sind. Die Karte soll ich immer dabei haben. Straff organisiert, wußt' ich's doch. Heute kriege ich das Zuckerbrot und morgen früh gibt's dann den Drillmeister. Als ich noch erfahre, dass meine neue Bekanntschaft den Spitznamen Frau Quälfix hat, ist mein Nachtschlaf diesmal nicht ganz so erholsam.

Machen wir's kurz. So daneben, wie diesmal lag ich schon lange nicht mehr. Als ich am nächsten Morgen mit gemischten Gefühlen meine erste Stunde erhalte, abdiene, - hmm erlebe passt eigentlich ganz gut, werde ich schnell eines Besseren belehrt.

Erstmal hilft man mir zu zweit auf die Liege. Dann werden meine Schuhe ausgezogen. Sie nimmt meine Beine und streckt sie, beugt sie, dreht da ein bißchen, zieht dort ein bißchen mehr, eigentlich alles ganz angenehm. Durch die Lähmung merke ich zwar nichts, aber stellenweise knackt und knirscht das schon gewaltig. Mein Gehör funktioniert schließlich noch. Als ich wieder im Rollstuhl sitze, merke ich, dass mein Rücken sich viel beweglicher anfühlt. Da hat sie doch gar nichts dran gemacht?!
Am nächsten Tag geht es an das Thema Muskelaufbau. Durch das lange Liegen ist das, was von meinen Muskeln übrig ist, gerade noch genug, um ein wenig in der Nase zu bohren, jedenfalls mit der linken Hand. Der rechte Arm ist ein Ärmchen, das sich gerade noch so selbst hält, wenn es nicht zu lange dauert.

Ein gewaltiges Stück Arbeit, behindert durch immer wieder kommende Schmerzattacken, durch Verdauungs- störungen, Hautirritationen im Sitzbereich und was da sonst noch die katholischen Radfahrer zum Absteigen zwingt. Ich ziehe Gewichte, mache Übungen mit Hanteln, lerne, wie man sich auf der Liege dreht. Meine Lieblingsübung ist eine Art Hometrainer. Das Ding hat einen Motor. Ich bekomme die Füße auf die Pedale geschnallt, und dann strampele ich quasi ein paar Kilometer. Wie auf dem Hometrainer. Das soll die Beweglichkeit erhalten, das Wasser aus dem Gewebe wieder abfließen lassen und noch für ein paar andere Sachen gut sein. Sieht richtig gut aus, wenn man nicht weiß, dass das Gerät ja eigentlich mich radelt.

Meine Fortschritte, und seien sie noch so mikroskopisch, werden begeistert begrüßt. Natürlich mache ich auch Rückschritte. An solchen Tagen gibt's halt nur halbe Kraft, gewürzt mit einer gut dosierten Mischung aus Trost und Ansporn.

Als meine Therapeutin mal ein paar Tage frei hat, nimmt mich der Cheftherapeut unter die Fittiche - gerade, als mich mal wieder eine Schmerzattacke unbeweglich macht.
Hoffentlich liest er das nicht, eigentlich heißt das Abteilungskoordinator.
Er hängt meine Arme an Seilen auf. OK, das kenne ich schon, die dazu passende Übung hilft meistens. Dann nimmt er mich von hinten in den Arm und wiegt mich, wie ein Baby. "Wo tut's denn am meisten weh?" Ich sage ihm die Stelle ungefähr. Er tastet über meinen Rücken. "Da , oder da?" "DAAAA!" Treffer! Mensch, tut das weh.

Ich weiß nicht, was er dann macht, aber plötzlich habe ich das Gefühl, als würde etwas knacken und dann fließt, wie durch einen Wasserhahn, ein großer Teil der Schmerzen einfach ab. So etwas habe ich noch nie erlebt.
"Hm, da war wohl eine Blockade. Besser?"
Besser? Ich schwebe, könnte Bäume ausreißen.
Er schaut, als hätte er mir netterweise das Fenster aufgemacht, so, als wollte er sagen, das war nur ne Kleinigkeit. Sein Ton paßt dazu. "Ich zeig Deiner Therapeutin die Stelle, dann kannst Du das nächste Mal sie ansprechen.
Der muss ein direkter Nachkomme vom ollen Merlin sein. Von wegen! Die ganze Truppe ist so drauf, da hat jeder seine Dinger auf Lager.

Ein anderes Mal hatte ich ziemliche Schmerzen im rechten Arm. Bei den Bemühungen, ihn wieder so aufzubauen, wie den linken, hatte ich es wohl etwas übertrieben.
Man klebte mir ein Band auf die Stelle, als wollte man sie markieren. Kurz danach begann der Schmerz nachzulassen, war bald fast weg.

Das hat irgendwie mit dem Zusammenspiel von Muskeln, Sehnen, Bändern und Knochen zu tun. So ganz verstanden habe ich es nicht.

Muss ich auch nicht, Hauptsache, meine Therapeuten wissen, was sie tun.

Sie wissen.

Meine Drillmeisterin hat sich übrigens als sensible, warmherzige junge Frau entpuppt, die sicher auf dem schmalen Grat zwischen Professionalität und Anteilnahme die Balance hält. Die ihren Spitznamen zu Unrecht, aber mit Nonchalance trägt. Und unter ihrem Schlabberanzug eine Mörderfigur hat.

Nicht, was Ihr jetzt denkt, ich sehe sie morgens immer bei der Wassergymnastik.

11
Ergotherapie

*I*ch war in jungen Jahren ab und zu zur Kur gewesen und kam in den "Genuß" der Ergotherapie. Damals durfte ich mir einen Gürtel flechten. Der war an der Wand angehängt. Aufstehen, Schleife legen, hinsetzen, aufstehen, Schleife legen, hinsetzen. Flechtzeit 4 Wochen pro Gürtel. Soll angeblich den Rücken gerader machen. Ich hab's gehaßt. Jedesmal.

Hier soll ich jetzt mehrmals pro Woche Ergotherapie bekommen - na toll!

Mit diesem Gefühl warte ich auf jemand aus der Ergotherapie, der mir einen Leihrollstuhl bringen soll. Meinen superbequemen Stuhl musste ich ja in der anderen Klinik lassen. War ja auch bloß ein Leihstuhl. Die Daten hat man hierhergefaxt. Mein eigener Rollstuhl ist beantragt. Ich weiß noch nicht, dass es noch 1/4 Jahr dauern wird, bis ich meinen maßgefertigten Stuhl in Empfang nehmen darf. Eine normale Durchlaufzeit beim Kostenträger. St. Bürokratius läßt grüßen.

Was macht eigentlich so eine Ergotherapie?
Beinahe hätte ich gesagt, alles, was den anderen Abteilungen zu mühsam ist. Wobei, auf den ersten Blick könnte man es fast glauben.

Wenn ich ein Problem mit meinem Rollstuhl habe, gehe ich zur Ergo.

Wenn ich eine Greifzange brauche, weil ich nirgendwo drankomme, gehe ich zur Ergo.

Wenn ich nicht weiß, wie ich vom Rollstuhl ins Bett komme, die Ergo bringt's mir bei.

Eine meiner Narben an der Hand war verhärtet und wulstig geworden.
Die Ergo hat's in monatelanger Arbeit wieder gerichtet.

Mein Nachbar, ein Tetraplegiker hat sich die Handschuhe durch gescheuert, die Ergo hat sie repariert.

Vorgestern hatte ich einen Platten, wer ist wohl mir meinem Reifen zum Sanitätshaus gedüst?

Die Ergo bringt mir bei, wie ich ins Auto einsteige, zeigt Rechtshändern, die ihre Rechte nicht mehr gebrauchen können, wie's mit links geht, zeigt Menschen, die Körperfunktionen verloren haben, wie sie sie kompensieren können.

Ich glaube, man kann es so umschreiben:
Alles, was notwendig ist, wieder ein möglichst normales Leben zu führen, bringt mir die Ergotherapie bei oder besorgt es und zeigt mir, wie man damit umgeht.
Einer hat mal gesagt, sie führen mich an der Hand auf dem Weg zurück ins Leben. Das gefällt mir. Sie haben mich zwar an der Hand, aber laufen muss ich selber.

An mir haben die so richtig ihren Spaß. Mein Leihrollstuhl passt mir hinten und vorne nicht. Klar, die haben den nach den Maßen ausgesucht und eingestellt, die sie von der Akutklink bekommen haben. Der Heilungsprozeß verändert aber den Körper nicht unbeträchtlich. Und so bin ich 2-3 Mal am Tag in der Ergo. Mal muss die Lehne weiter zurück, dann stimmt der Sitzwinkel nicht, dann sind die Reifen zu weit vorne, ich kippe beim Anfahren nach hinten, Sitzgurt straffen, Sitzgurt lockern. Jeden Tag etwas anderes.
Die müssen zu der Zeit schon beim Nennen meines Namens Anfälle gekriegt haben.
Was sie mich nie spüren ließen. Im Gegenteil, wenn es länger dauerte, bekam ich sogar noch einen Kaffe angeboten.
Ich sitze dann meistens auf der Liege, während mal wieder jemand an meinem Rollstuhl rumschraubt und schaue zu.

Also die Mädels sind zu heftig, die gehen mit der Nähmaschine genau so gut um, wie mit der Standbohrmaschine oder mit der Flex. Die können Autos reparieren, Pferde trainieren, sticken, nähen, kochen, Computer aufsetzen, Bildcollagen erstellen, Igel züchten, Gitarrengurte bauen - aber show-mäßig, Handschuhe reparieren, Gummigreifreifen dranfieseln - Nein, alles können die auch nicht, aber wenn ein Problem auftritt, dann ist mindestens eine da, die so etwas in der Art schon einmal gehabt hat.

Als mein eigener Rollstuhl endlich kam, müßig zu fragen, wer sich darum gekümmert hat und etliche Details mit Hersteller, Versicherung und Lieferant geklärt hat, also als der endlich da war, musste er natürlich komplett auf mich eingestellt werden. Ein Prozess von einigen Wochen und viiiel Geduld. Wer hat da wohl so lang geschraubt, justiert, gespannt, bis es nirgendwo mehr zwickte?

Ach ja, in der Anatomie, Ergonomie, irgend so ne Mie, halt, die was mit Knochen und Sehnen und Gelenken zu tun hat, sind sie auch noch richtig fit.

Und sehen dabei so was von normal, geradezu harmlos aus - bei einer hätte ich ja gesagt, Zufall. Aber die ganze Truppe?

Eines Morgens tut mir das Handgelenk weh, total über-anstrengt. Hand ist Ergosache. Meine Therapeutin nimmt etwas Salbe, einen kleinen Holzknauf und schon habe ich Sterne vor den Augen. AUAAAA!

Entschuldigung, ich hatte vergessen, zu sagen, es könnte ein bisschen weh tun.
Ein bisschen, soso.

Bist Du soweit? Gut. Sie greift nach meinem Arm, setzt am Unterarm an. HGNNN! Ich bekomme gerade noch die Kiefer aufeinander gepresst, sonst wäre es wieder laut geworden.
Nach ein paar Minuten lässt der Schmerz nach, das Handgelenk ist viel beweglicher und fast schmerzfrei.

Könnte sein, dass Dein Arm die nächsten Tage etwas berührungsempfindlich ist.
Ist er.
Und schön bunt. Grün, blau, braun, gelb.
Aber das Handgelenk ist wieder OK.

Ich könnte stundenlang so weiter machen aber bevor das jetzt in einen 7-stimmigen Lobgesang ausartet, höre ich besser auf.

Á propos Gesang...
Hatte ich erwähnt, dass meine Therapeutin außerdem noch eine Wahnsinnsstimme hat?

12
Keine Kur ohne Massage

Bei einer ordentlichen Kur ist die Massage einfach nicht wegzudenken. Morgens Fango, abends Tango. Bei der Aufnahmeuntersuchung bitte ich also darum, dass man mir Massagen verschreibt. Mit einer gewissen Erwartungshaltung fahre ich in den Massagebereich, um mir meine Termine zu holen.

Dieser Masseur sieht endlich einmal so aus, wie klein Fritzchen sich einen Masseur vorstellt. Kräftig, mittleres Alter, Meister-Proper-Frisur, nur dass seine Finger bei der Terminvergabe routiniert über die Computertastatur huschen, das stört den vorgefassten Eindruck ein wenig. Der zweite Masseur ist eine Masseurin. Passender weise erwarte ich jemanden vom Typ russische Nationalmannschaft im Kugelstoßen.

Pfeifendeckel, da kommt ein junges, zartes, feingliedriges Persönchen herein, mit einem aparten Gesicht und Fingern die bestimmt gerade noch eine Teetasse halten können.

Oh Alter, lernst Du das denn nie? Wieder einmal bin ich mir selbst so richtig auf den Leim gegangen.

Der Physiker definiert Druck als Kraft durch Fläche, also Kilopond pro Quadratzentimeter. Heißt, die gleiche Kraft auf weniger Fläche ist mehr Druck.

Und beim Massieren kommt es nicht zuletzt auch auf den Druck an.

Autsch!

Aber erstmal hat er mich in der Mangel und walkt nach Herzenslust meinen Rücken durch. Dabei putzt er seine Kollegin herunter, dass ich glaube, ich bin im falschen Film. Die läßt sich nicht lumpen und zahlt in gleicher Münze zurück. Das kann ja wohl nicht Warstein! Gleich fliegen hier die Fetzen! Also, irgendwie muss ich die Kleine jetzt in Schutz nehmen. Junge, jetzt wäge aber deine Worte gut ab. Wenn ich für eine Seite

Partei ergreife, während die andere mein Genick in Händen hat -
und das sind Hände die auch ein paar gute Kohlenschaufeln
abgäben. Die Arme, an denen die Hände angebracht sind, die
sind auch nicht von schlechten Eltern. Jetzt heißt es die richtigen
Worte zu finden...

Er steht beim Massieren hinter mir, deshalb kann ich sein
Gesicht nicht sehen. Das ist auch gut so, sonst würde ich viel zu
früh merken, dass die zwei an ihrer Kabbelei einen Heidenspaß
haben. Dadurch, dass sie die neuen Patienten mit einbeziehen,
werden anfängliche Berührungsängste ruck-zuck abgebaut. Gut,
die Methode ist gewöhnungsbedürftig, aber sie funktioniert.

Inzwischen freue ich mich jedes Mal auf die Massage.
Egal, wie ich drauf bin, meistens fahre ich mit einem breiten
Grinsen wieder heraus. Und ohne Verspannungen. Bei allem
Spaß sind alle beide nämlich hervorragende Masseure. Und
wenn man genau aufpaßt, dann hört man aus ihren Kabbeleien
den Respekt und die Sympathie heraus, die sie füreinander
empfinden.

Kürzlich war ich so gedreht, dass ich genau in die
Richtung schaute, in der die kleine Masseurin einen großen und,
sagen wir mal, recht kräftigen Patienten in der Mache hatte. Bei
aller Zierlichkeit - Die Muskeln, die sie für ihre Arbeit braucht,
die sind mehr als ausreichend vorhanden. Ihr Muskelspiel unter
dem üblichen rot-weißen Schlabberanzug ist faszinierend zu
beobachten.

Geradezu sinnlich.

13
Die erste Landpartie

Die Leute hier im Kurort sind ja an Rollstuhlfahrer gewöhnt, aber wie sieht das denn 'normal' aus?
Neugierig war ich ja schon länger darauf, habe mich aber noch nicht so richtig getraut. Dann hörte ich, das Eiscafé im Nachbarort wäre gar nicht schlecht. Eisfan bin ich, die Läden hier im Ort habe ich schon alle probiert, das wär doch mal 'n Versuch wert.

Gesagt, getan, nach meiner obligatorischen Mittagsruhe spanne ich an und mache mich mit frisch geladenen Akkus auf den Weg.
Für den Hinweg nehme ich den Radweg neben der Bundesstraße. Die Sonne brät so richtig vom Himmel herunter, ich habe meine coole Moppedsonnenbrille auf, die offenen Haare wehen im Gegenwind und ich fühle mich wie der Präsi von der Motorradgang, wie ich so mit meinen vollen 6 km/h über den Radweg brause.

Der erste Radfahrer, der mich überholt, ruft von hinten: "Achtung, Radfahrer überholt links". Aha, der hat nicht seinen ersten Rolli vor sich. Der nächste klingelt bloß. Wär nicht nötig gewesen, ich höre seine Versandhaus-Gangschaltung schon von weitem. Was er aber nicht weiß, ich hab auch ne Klingel.

Die ihm fröhlich antwortet. Hallo, kein Grund, gleich vom Rad zu springen. Ja, man kann an einem Rollstuhl auch eine Klingel anbringen. Meine ist am vorderen Holm, gleich unterm rechten Knie. Also, der Radler war mal komplett ausgestattet, Klamotten, Bike, Mütze, Sonnenbrille, alles Ton in Ton. Damit bist Du obercool. Und schon im Stand 5 km/h schneller. Gibt's alles auf Raten. Bis auf die schwachen Nerven. Die sind umsonst.

Der nächste Radfahrer weicht auf die Bundesstraße aus, obwohl der Radweg nun wirklich breit genug ist.

Im Vorbeifahren höre ich irgendwas von Pack, das sich breit macht. Kann er mich nicht meinen, ich bin schon breit.

Nach einer guten halben Stunde komme ich im Nachbarort an. Ich merke gleich, dass man hier nicht an Rollstuhlfahrer gewöhnt ist. Ich muss entweder auf die Straße ausweichen oder mich auf dem Gehweg an großzügig über die Parkmarkierung hinaus geparkten Autos vorbei quetschen.

Die paar Wohnmobile, Quads, Trikes, Bikes und Autos, die den schönen Feiertagsnachmittag zu einem kleinen Ausflug nutzen haben ihre helle Freude daran, wie ich mit Höchstgeschwindigkeit vor ihnen her sause. Eine Gruppe Biker, alle gleich gekleidet, die von der Sorte mit den fröhlichen Totenköpfen auf den abgeschnittenen Jeansjacken, kommt unserer kleinen Kolonne entgegen. So zwischen den Häusern hört sich das wie Donner an. Ich mache das Harley-Zeichen, den hochgereckten Daumen. Sie lachen sich halbtot und winken zurück. Ich bin trotzdem froh, dass sie weiter fahren. An einer geschlossenen Tankstelle fahre ich wieder auf den Gehweg, bevor mich die Meute hinter mir am nächsten Baum aufknüpft. Das muss die Hitze sein, die schauen alle so grimmig.

Ich wäre besser auf der Straße geblieben, denn das Eiscafé ist nicht weit - auf der anderen Straßenseite. Na gut, dann üben wir jetzt, wie man an einem Feiertagsnachmittag eine Bundesstraße überquert.

Es ist 15:30 Uhr, als ich am Eiscafé abkopple. Ein schöner, schattiger Biergarten lädt zum Verweilen ein, es gib sogar noch ein paar freie Tische - wenn die 3 Stufen nicht wären...

Aber direkt an der Straße hat man noch 3 Bistro-Tische hingestellt, da steht sich's bestimmt auch gemütlich. Einer davon ist sogar frei. Ich muss mich zwar so hinstellen, dass die Bedienung jedes mal ausweichen muss, wenn sie an mir vorbei will, aber so sieht sie mich wenigstens.

Und so warte ich, bis die Bedienung für mich Zeit hat.
Sie ist schon 3 Mal halb über mich drüber geklettert, sollte also inzwischen bemerkt haben, dass da ein potenzieller Kunde in seinem Rollstuhl sitzt.

Als sie das nächste Mal einen großen Bogen um mich schlägt, nehme ich meine Trinkflasche heraus, mit großer Geste, das muss sie sehen, trinke.
"Aah, war das gut, ich habe aber auch einen Durst bei der Hitze!"

Am Nebentisch sitzt eine Familie, der Vater mit dem Gesicht zu mir. Beim Einparken haben wir uns gegrüßt, ich habe mit dem kleinen Sohn der Familie übers Rollstuhlfahren geflachst.
Ja die Kinder, die gehen da irgendwie anders mit um.

Jedenfalls, der Familie wird die Situation sichtlich unangenehm. Als die Mutter ihren Sohn nach der Bedienung schicken will, hält sie der Vater mit einem Blick auf mein Gesicht zurück. Er hat verstanden.

Als kleine Entschädigung fahren ein paar Prozent der in Deutschland zugelassenen X8er an mir vorbei, schön poliert, in der Sonne glänzend. Könnte aber auch immer wieder der selbe gewesen sein. Kollege, das ist aber kein Originalauspuff...

Um 15:55 kommt eine Bekannte, die in der Eisdiele jobbt. Ich wußte vorher, dass sie um 16:00 Dienstbeginn hat. Mein Plan B, mein Joker, leider ein paar Minuten zu früh, weil jetzt natürlich die Messwerte verfremdet werden. Sie begrüßt mich, fragt, ob ich schon bestellt hätte. Ich sage mit dem unverfänglichsten Ton, den ich noch zusammen bringe, dazu müsse man mich erst einmal zur Kenntnis nehmen, aber ich säße ja erst eine halbe Stunde hier. Aber das sei nicht so schlimm, da hätte ich wenigstens etwas zu schreiben.

Um 15:57 habe ich die Karte vor mir liegen, um 15:59 gebe ich meine Bestellung auf, die Spezialität des Hauses, einen Überraschungsbecher. Mal sehen, was ich für immerhin 5,50 Euronen bekomme.

Um 16:02 steht ein mittelgroßer Eisbecher vor mir, schön mit Früchten garniert, mit Sahne, einem Keksröllchen. Das dürfte so ziemlich der Hausrekord sein. Irgendwo in der Masse ist ein kleines Praliné vergraben. OK, dass ich kein Kokoseis mag, können die nicht wissen, das zählt nicht.

Nachdem ich mich an meinen Eisbecher gütlich getan habe, zahle ich. 5 Euros und eine Handvoll Rote.

Zurück geht es durchs Enztaler Schlaglochmuseum, eine bemerkenswerte, liebevoll aktuell gehaltene Freilichtausstellung schief gegangener Straßenreparaturversuche..

Von der die Stadtverwaltung irrtümlicherweise glaubt, es sei die alte Verbindungsstraße zwischen den Ortsteilen.

Der Eisbecher war übrigens ziemlich lecker.

14
Mit dem Hund raus

Dass sich bei so einem langen Klinikaufenthalt mit der einen oder anderen Person eine gewisse Nähe ergibt, läßt sich kaum vermeiden. Mal ganz im Ernst, wir sind doch alle nicht aus Holz. Und da versteht man sich halt mit manchen besser als mit anderen.

Das hört sich jetzt anders an, als es gemeint ist. Will sagen, man freundet sich auch schon mal ein bisschen an. (Puh, die Kurve hab ich jetzt grad noch mal gekriegt)

Jedenfalls bin ich eingeladen. Ich freu mich schon, wie ein Schnitzel, wie einer meiner Lieblingsmoderatoren gerne sagt. Keine Ahnung, wie sich ein Schnitzel freut, hört sich aber nicht schlecht an.

Ein bisschen gespannt bin ich auch, weil ich ja bekanntes Terrain verlasse. Mal sehen, wie das wird. So ganz ohne Netz und doppelten Boden ist es natürlich nicht. Meine Gastgeberin und ihr Freund sind erstmal ein paar ganz liebe. Außerdem ist er selbst behindert. Beim Thema Rollstuhl und was damit zusammenhängt sind die beiden also nicht so ganz unbedarft.
Eigentlich wollten wir uns ganz schlicht in einen Biergarten setzen, in dem es auch ab und zu mal Livemusik gibt. Ollen Petrus hielt das aber nicht für so ne gute Idee und feuchtete die Gegend gut an. Mit seiner Version von Livemusik. In einem Schwarzwaldtal ist das schon beeindruckend. Die Lightshow war wirklich vom Feinsten. Und erst der Sound!
Der fegt dich glatt aus dem Stuhl.

Na, dann kommst du halt zu uns, wir Quatschen ein wenig und ich mach uns ein kleines Veschper.
Vorher können wir ja noch mit dem Hund raus.

Dieser beiläufig hingeworfene Nebensatz sollte mir ein ganz neues Rollstuhlgefühl bescheren. Aber ich greife mal wieder vor...

Meine Gastgeber hatten sich ein paar Alu-Schienen organisiert, damit sie mich mit meinem Rollstuhl und meiner kleinen Zugmaschine hinten in ihren Van einladen konnten.
Meine Zugmaschine! Sie besteht im Wesentlichen aus einem Elektromotor, ein paar leistungsfähigen Akkus, Rädern und einer Kupplung. Viel mehr ist nicht dran.
Das reicht auch, weiß ich jetzt.

Das Einladen geht etwas mühsam. Vielleicht hätten wir die Alu-Schienen ausziehen sollen, dann wäre der Winkel nicht so steil gewesen. Wobei - Mit nem kräftigen Schluck Adrenalin läßt sich so ein Abend doch wunderbar einleiten.
Sollte man sich merken.

Der Stuhl ist schnell festgezurrt, da merkt man gleich die Routine. Lustig, laut Gesetz muss der Rollstuhl so verankert werden, dass sich keine Fliehkräfte entwickeln können. Vom Rollstuhlfahrer steht da nix.

Für so einen Fall hat mir mal die Ergo meinen alten Nierengurt verlängert, so dass er um meine Lehne und mich herumpaßt. Zum Moppedfahren brauch ich den ja nicht mehr. Ist jetzt ein prima Sicherheitsgurt. Die Schrammen von meinem Unfall geben dem Gurt noch den letzten Pfiff.
Das Ausladen geht schon viel flotter.
Und da ist auch schon der Hund.

Das ist wenigstens ein Hund und nicht so ne kläffende Handtasche. Dem könnte man eigentlich ein Geschirr verpassen und mit einem Anschluß für meine Zugmaschinenkupplung versehen. muss ich mal ansprechen, ich kenn da so nen Tüftler...

Meine Zugmaschine hat sich ja schon auf dem Weg in den Nachbarort zum Eiscafé prima bewährt. In der Ebene. Mit ein bisschen Steigung. Werde ich morgen sagen...

Und schon geht es einen Schotterweg hoch. Der mündet in einen Waldweg. Ah ja, das gilt also hier als steil. Da muss auch jede Menge Wasser in ziemlich kurzer Zeit runtergelaufen sein. Wie war das mit dem Gewitter vorhin?

Ich schalte den Kriechgang ein. Meine Zugmaschine packt den Hang an. Die Räder graben sich in den weichen, nassen Waldboden. Der Motor jault auf, als ob ich ihn getreten hätte. Plötzlich greifen die Räder und hoch geht's. Das Ding zieh mich gnadenlos den Hang hoch. Ich muss nur noch die Deichsel hochhalten, damit meine kleinen Lenkräder nicht im Matsch verschwinden. Jetzt krieg ich langsam ne Ahnung davon, warum das Ding so teuer ist.

Nach der Steigung wird der Pfad enger. Und enger. Rechts geht's steil hoch. Links noch steiler runter. Also, richtig steil. Und ordentlich tief. Geländer, Zaun? Fehlanzeige!
Gefühlte 2 Millimeter habe ich links und rechts noch Platz. In Wirklichkeit sind das bestimmt noch 5 Zentimeter.
Oben wartet das Paradies auf mich. In Form einer geteerten Straße. Mit nur einem ganz kleinen Hauch von Steigung. Schööön!
Nach ca. 100 Metern geht links eine Schotterpiste ab. Die ist im Winter bestimmt eine schwarze Skipiste, so steil, wie es da runter geht.
Ich frag nicht, ich weiß es auch so, da geht's wieder runter.

Meine Zugmaschine hört sich an, wie ein kleines Kind, dem die Füße weh tun.

Papa, trag mich!

Unten angekommen, geht es einen kleinen Fluss entlang. In der Abendstimmung hängen die Nachwehen des Gewitters in der Luft. Zwischen den Bäumen haben sich noch ein paar Nebelschwaden fest gesetzt. Romantik pur.

Über eine ziemlich marod aussehende Holzbrücke kommen wir an eine Straße.

Fast da, wo der erste Schotterweg anfing, kommen wir heraus. Meine Zugmaschine sieht aus! Befestigte Wege gehen halt anders. Gerade, wenn es vorher gewittert hat. Zum Glück kann ich mir meinen Rollstuhl nur anschauen, wenn ich nicht drin sitze.

Mit Eimer, Lappen und einer Rolle Küchenkrepp bringen wir meine Technik und mich wieder in einen vorzeigbaren Zustand.

Das hat jetzt Appetit gemacht. Mit selbst gebackenem Brot, deftiger Wurst, eingelegtem Was-auch-immer, begleitet von einem gut temperierten Chardonnay kommt langsam wieder das Gefühl auf, sich in der Zivilisation zu befinden. Ein perfekter Ausklang.

Wir schaffen es sogar, dass ich noch vor Mitternacht wieder in der Klinik bin.

Das hat mal richtig Spaß gemacht!

Beim Einschlafen fällt mir auf, dass ich mich zuerst wieder als der Junge gefühlt habe, der mit seinen Kumpels ganz alltägliche Dinge zu einem Abenteuer werden lassen konnte. Dann bin ich - außerhalb der geschützten Umgebung von Klinik oder Zuhause - ganz normal mit Leuten zusammen gesessen, die ich mag. Wir haben gequatscht, gefachsimpelt, Musik gehört, "gveschpert", wie das ganz normale Leute eben so machen.

Der Krüppel, der muss irgendwo draußen vor der Tür gestanden haben, denn da war bloß ein ganz normaler Typ mit 'ner ziemlich großen Klappe. Und das, das ist das eigentlich Schöne.

Danke dafür.

15
Der erste Wochenendurlaub

*I*ch darf nach Hause!!!

Das erste Mal seit meinem Unfall vor ziemlich genau 10 Monaten darf ich nach Hause. Zehn Monate, das lasse ich mir langsam auf der Zunge zergehen. Zehn Monate war ich jetzt nicht mehr zu Hause.

Und es ist ein neues Zuhause. Das alte Zuhause war auf 4 Ebenen verteilt. Wunderschön - aber ein No Go für Rollstuhlfahrer.

Also zog meine Familie um. Mit viel Hilfe von vielen Freunden.

Da unsere Stadt schon ihren Alibi-Rollstuhlfahrer hat, ging es in ein neues Domizil, in einer neuen Stadt. Parterre, alles auf einer Ebene. Da gibt's auch Schönes.

Ich bin aufgeregt, wie ein Pennäler vor der ersten Klassenfahrt. Bekomme prompt in der Nacht zuvor noch Dünnpfiff. Egal, da gibt's Tabletten für. Zieh ich eben 'ne Hose an, die leicht zu waschen ist.

ICH DARF NACH HAUSE!!!

Gestern hat mir meine Ergotherapeutin noch schnell gezeigt, wie ich vom Rollstuhl ins Auto komme und wieder raus. Ging leichter als ich dachte.

Heute früh war noch der Techniker vom Sanitätshaus da und hat mir die Adapter für das Treppensteiggerät angebracht. Das Gerät will er auf dem Heimweg bei mir abliefern.

Und jetzt stehe ich da - Nee eigentlich steht der Rollstuhl, ich sitze - egal, jetzt stehe ich da, neben einem Riesenberg Gepäck.

Material zum Kathedern, kleine und große Betteinlagen, Dichtungsmittel für die Blase. Pflegematerial, Kompressen, Handschuhe, Verbandmaterial, und und und...

Ach ja, mein Rollstuhl und ich müssen ja auch noch mit.

Welche Nase ruft mich denn jetzt auf meinem Handy an? Meine allerliebste Chauffeuse will wissen, wo ich bin, sie steht auf dem Parkplatz.

Komm bitte hoch, ich hab noch ein bisschen was zum Mitnehmen...
Hmmm, da müssen wir wohl die Rückbank klappen.
Na gut, Rutschbrett untern Po, entlasten, und - Bin ich da jetzt drin? hätte Boris gesagt.
Ich bin im Auto und sitze - absolut Sch...
Also, Becken nach vorne, Beine irgendwie anders, alles tut weh. Egal, ich will jetzt heim! Meine liebste Rollstuhlzusammenfalterin kämpft inzwischen mit meinen Reservefüßen. Das Ding weigert sich standhaft, es will sich nicht zusammenfalten lassen. Mensch, hol doch jemand von der Station.
Schnell ist auch ein Pfleger da, der ist genau so ratlos. Man einigt sich, erst einmal den Rucksack abzuschnallen. Ah, hier ist noch ein Riegel!
2 Minuten später ist der Rollstuhl verstaut. Merke, Bedienungsanleitung vor dem Abheften lesen.
Sach ma, wie sitzt Du denn da drin? Gib mal Deine Jacke. Meine liebste Modistin zieht Ihre Jacke aus, die wird zusammengerollt und mir ins Kreuz gesteckt.
Heh, so 'n bequemen Sitz haben wir?

Wir kommen auf der Autobahn so langsam in heimatliche Gefilde. Ist schon ein merkwürdiges Gefühl. Eine Textzeile fällt mir ein: "So vertraut und doch so fremd". Dann die Abfahrt in Richtung der neuen Heimat. Komisch - sonst ist der Ausdruck 'Neue Heimat' eigentlich 'ne Steilvorlage für einen Kalauer. Langsam wird's emotional. Wir biegen in die Straße ein.

Da ist es.
Mein neues Zuhause.
Sieht von außen nicht schlecht aus. Aber jetzt muss ich erstmal aus dem Auto rauskommen.
Und ins Haus rein.
Vorne sind 3 Stufen, hinten 2.

Und ne Terrassentür.

Probieren wir es hinten.

Geht - mit einiger Mühe. Mhh, muss ich für einen Umbauantrag vormerken.

Aber ich bin drin im neuen Zuhause. Sieht gar nicht so schlecht aus. Gleich mal ins Bad. Upps - Der Chat steckt fest!

Aber richtig. Da haben wir wohl falsch gemessen. Nee, gemessen haben wir richtig, die Tür geht nicht ganz auf und die klemmt mich ein. In Gedanken formuliere ich schon den Antrag für die Umbaumaßnahme.

Dann wasche ich mich eben für's Erste in der Küche, hat man früher auch so gemacht. Wäre mit einer unterfahrbaren Spüle auch ganz einfach. Egal.

ICH BIN ZUHAUSE!!!

Die Details klären wir später.

Plötzlich ist die Bude voll.

Ein Freund möchte noch den letzten Küchenschrank aufhängen. Beim Aufräumen sind aber die Haken verschwunden. Der nächste hängt schon mit dem Zollstock an der Badetür. Die Nachbarin möchte eigentlich nur Hallo sagen, genau wie der Nachbar gegenüber. Eine Freundin schnappt sich ein Spültuch und kümmert sich um ein paar vergessene Teller in der Spüle. Die Dame von der Sozialstation möchte den Schlüssel abholen. Zwei andere möchten noch einmal mit dem Nachbarn reden, weil sie beim Umzug sein Auto angekratzt haben. Fehlt eigentlich nur noch der Techniker mit dem Treppensteiggerät.

Und da ist er auch schon, möchte gern noch überprüfen, was wir von der letzten Einweisung im Kopf behalten haben. Zum Glück habe ich den Lieferschein heute früh schon unterschrieben.

Hilfe, ich möchte endlich meine Familie in den Arm

nehmen! Aber ich kann doch den Leuten, die uns so geholfen haben und sich freuen, mich endlich zu sehen doch nicht sagen, dass mir jetzt eigentlich mehr danach ist, meine liebste Umzugsspezialistin mal so richtig in den Arm zu nehmen. Und der Nachwuchs will auch geknuddelt sein!.

Das Wunder geschieht, wie auf ein geheimes Kommando fällt dem einen ein, dass er dringend noch etwas besorgen muss, der nächste will schnell noch auf einen Sprung zu jemand anderen...

Die Wohnungstür klappt zu.

Ich bin daheim.

16
Der erste Morgen daheim

Die Pflegerin hat sich gerade verabschiedet. Ich sitze in meinem Rollstuhl. Es ist Samstag früh, so sieben, halb acht. Das mit der Sozialstation hat prima geklappt. Ein Anruf, ein Rückruf, und schon geht's.

Meine liebste Frühaufsteherin ist auch schon weg, sie hat Frühschicht. Die Kinder schlafen noch. Es ist ganz still.

So richtig still. Ich kann das Ticken der Uhr im Wohnzimmer hören.

In einer Klinik ist es nie so ganz still. Noch nicht einmal nachts. Immer wuselt jemand herum, etwas klappert, Geräusche, die man nach einer Weile schon gar nicht mehr hört.
Ich hatte fast vergessen, wie still still sein kann.
Toll.

Aber, heh, das ist mein erstes Wochenende. Da muss was gehen! Action!

Ich rolle in die Küche. Aha, die Kaffeetassen sind da wo sie hingehören. Oben im Hängeschrank. Mit der Greifzange würde ich wahrscheinlich gleich zwei oder drei holen. Ich brauch aber nur eine. An den Limonadenkasten komme ich prima. OK, ist ne Alternative. Den Toaster habe ich nach einiger Zeit heraus gewurstelt. Heh, da ist ja noch ein Toast drin, der ist sogar noch ein bisschen warm. Prima!

So langsam kommt Abenteuergefühl auf. Ich muss in einer unbekannten Umgebung überleben. Halten Sie durch, Mr. Bond. Das nächste Problem. Ich brauche Licht. Nach einigem Herumprobieren habe ich herausgefunden in welcher Position ich den Rollladen hochziehen kann. Im Hellen finde ich dann auch den Lichtschalter.

Mit meiner Greifzange schaffe ich es, ein Glas Himbeermarmelade aus dem Schrank zu ziehen. Ein bisschen recken, dann müsste ich die Margariiine kriegen.

Ja! Geht doch! Marmeladentoast mit Lightlimonade. Gibt's im Ritz nur nach Vorbestellung.

Ok, Zähneputzen ist angesagt. Bad fällt aus, also probieren wir es in der Küche. Aha, merk dir, dass die Spüle einen längeren Hebel am Wasserhahn braucht. Dann eben mit einer Waschschüssel. Eine Salatschüssel tut's auch. Zähneputzen mit Mineralwasser fühlt sich im Mund ziemlich heftig an.

Mal sehen, was so sonst noch funktioniert. Die Terrassentür bekomme ich auf. Aber die Schwelle, die ist nicht von schlechten Eltern. Merken - Kleine Rampe bauen. Aber rausgucken geht. Ist auch was.

Die Fernbedienung vom Sat-Receiver. Das ist doch was für mein' Vatta sein Sohn! Mal sehen. Wie, Passwort. Mh, Mh. Mh, Mh, Mh. Wußt ichs doch! Erstmal die Erotikkanäle nach vorne. Musikkanal? Braucht kein Mensch, den können wir löschen. Was ist das denn? Ein Kanal für Computerspiele? Wer will den so was sehen? Und das? Direktübertragung aus dem Parlament von Luxemburg. Letzebergisch. Hört sich nett an. Das nehmen wir in die Favoriten. So, fertig. Möchten Sie speichern? Ich weiß ja jetzt, wie's geht. Nein, alte Konfiguration beibehalten.

Besser ist das.

17
Party!

*E*ine ganz liebe Freundin hat runden Geburtstag und feiert groß. Wir sind eingeladen. Nur sie und ihr Mann wissen, dass ich auch komme. Viele von unseren Freunden und Bekannten werden da sein. Inzwischen wissen wir, dass das Ganze im Gemeindezentrum am Marktplatz stattfindet. Im ersten Stock. Und das Haus hat noch eine schöne Außentreppe. Ein wahres Fußgängerparadies!

Zum Glück haben wir das Treppensteiggerät. Furchtbares Wort. Ab sofort heißt das Ding der Steiger. Zur Sicherheit wollen wir in unserem Treppenhaus noch ein wenig üben...

Meine liebste Rollstuhlschieberin hakt mich an den Steiger an. Fährt zur Treppe. Normalerweise sollten jetzt da unten zwei kleine Räder raus kommen, die die Treppenkante 'erfühlen'. Klick - Keine Räder - Hmmm, da stimmt was nicht.

Das ist der Tropfen, der das Fass zum Überlaufen bringt. Die ganzen Monate musste meine Frau stark sein, die Managerin, die alles im Griff hat. Die locker Doppelschicht fährt, weil mein Krankengeld mal wieder vorne und hinten nicht reicht. Die Umzugsplanerin, Renoviererin. Haus beim Auszug, Wohnung beim Einzug. Küchenplanerin, nach wie vor noch Hausfrau und Mutter. Ich kann gar nicht alles aufzählen, was sie in den vergangenen Monaten so alles gestemmt hat, unglaublich!

Jetzt bin ich zu Hause, jetzt darf sie endlich auch mal einen schwachen Moment haben.

Unser Sohn reagiert phänomenal. Sanft nimmt er seine Mutter am Arm. "Darf ich das auch mal probieren?"
Er bekommt es auch nicht auf Anhieb hin.
"Das machen wir anders. Wir schmeißen de Vatta ins Bett und probieren das erstmal so."

Gesagt, getan, ich nehme erst mal eine Auszeit, und die Kinder machen eine Trockenübung. Der Freund meiner Tochter muss als Crashtest-Dummy herhalten.

Die allerbeste Frau von allen pflanzt sich neben mich. Jetzt kann ich sie endlich in den Arm nehmen, trösten. Im Rollstuhl ist das nicht so einfach.

Zu fünft haben wir uns in das Auto meiner Frau gezwängt. Den Spitznamen "Huschdegudsl" , Hustenbonbon, trägt das betagte Gefährt nicht umsonst. Der Rollstuhl liegt zerlegt im Kofferraum, der Steiger ist auf die Knie der Jugend auf dem Rücksitz verteilt. So kommen wir am Marktplatz an, falten uns aus unserem Huschdegudsl heraus. Rollstuhl ausklappen, Räder dran, Transfer - Showtime!

An den Fenstern im Gemeindezentrum sind inzwischen jede Menge Köpfe zu sehen. Der Weg zur Eingangstreppe ist leicht abschüssig, so kann ich ganz elegant davor rollen. Was beim Kopfsteinpflaster so von Eleganz noch übrig bleibt. Linksdrehung, den Steiger einhaken.

Vorführeffekt, der Steiger passt nicht mehr. Entweder er ist breiter geworden oder der Rollstuhl schmaler.

Moment mal, Rollstuhl schmaler, da war doch was! Mein Rollstuhl kann sich, wenn mal eine Engstelle kommt, schmal machen, auch wenn ich drin sitze. Feine Sache, das. Dumm ist nur, zum wieder breiter machen muss ich aussteigen. Soll angeblich auch so gehen, aber das habe ich noch nicht raus gekriegt. Vielleicht schau ich ja doch noch mal ins Handbuch.

Zum Glück stehen jede Menge Leute vor der Tür. Der neuen Rauchverordnung sei Dank. Eine kurze Einweisung und schon schwebe ich, dass Uri Geller seine Freude dran hätte.
Klick, der Stuhl ist wieder breit, Klack, der Steiger ist eingerastet und los geht's.
Sssst, der Stuhl hebt sich, Klick, die Elektronik schaltet und zieht mich die Stufe hoch, Bumm, ich werde abgesetzt. Stufe für Stufe.
Ssst, klick, bumm, ssst, klick, bumm,

16 Mal, dann ist die Außentreppe überwunden. Jedes Bumm haut mir in den Rücken. Nicht besonders schmerzhaft, aber von angenehm denn doch weit entfernt. Jetzt geht es innen in den ersten Stock hoch.

Ssst, klick, bumm, ssst, klick, bumm,...

17 Mal.

Wir sind oben!

Tür auf, Hallo alle miteinander.

Die Leute stehen auf, klatschen.

Mist, jetzt hab ich schon wieder Pipi in Auge.

So langsam wird es Zeit, die diversen Begrüßungsschlucke wieder zu entsorgen. Ja, der Saal ist im ersten Stock, die Toiletten im Keller. Mit dem Steiger wäre ich gegen Ende der Fete wieder zurück. Aber da ist noch ein kleiner Nebenraum, mein Kathederzeugs hab ich ja immer am Mann.

Aus 2 Stühlen ist schnell eine Ablage gebastelt. Aber wo stell ich den Spiegel hin? Meine liebste Spiegelhalterin weiß Rat, reicht mir die Utensilien und packt den vollen Kathederbeutel auch unauffällig weg.

So gegen halb zwei liegen wir in der Koje, schließlich kommt um 6:45 die nette Dame von der Sozialstation um mich für den Sonntag schick zu machen.

Das war ein Wahnsinnsabend, emotional ganz weit vorne. Mein Sitzfleisch hat gut durchgehalten, war aber leicht rot. Jetzt weiß ich wenigstens, wie lange ich am Stück im Stuhl bleiben kann, wenn's drauf ankommt. Sollte aber die Ausnahme bleiben. So'n Dekubitus ist keine Freude.

Meine Freunde haben mich nicht nur wiedererkannt, sondern mir gezeigt, dass sie mich auch im Rollstuhl noch als den akzeptieren, der ich bin. Ganz wichtig!

Unsere Freundin kriegt demnächst ne neue Schwiegertochter, ihr Sohn hat sich den Abend ausgesucht, um seiner Freundin die Frage zu stellen. Vor versammelter Mannschaft. So richtig mit Blumenstrauß, Kniefall, Taschentuch. Und Mikrofon. Damit es alle mitkriegen. Ich hatte schon befürchtet, er will singen.

Und in den Getränkehalter an meinem Rollstuhl paßt genau ein Schoppeglas (*für Nichtpfälzer 0,5l*) rein.

18
Frischlinge und alte Hasen

*L*etztens kam ein neuer 'Frischling', der mir besonders auffiel. Er hat fast die gleiche Vorgeschichte wie ich, nur bei ihm war es ein Autounfall. So ne richtig spektakuläre Kiste.

Er ist von der Entwicklung her ungefähr ein halbes Jahr hinter mir und guckt genauso verschreckt aus der Wäsche, wie ich damals geguckt haben muss.
Damals - wie das klingt, jaja, damals vorm Krieg...

Das ist erst ein paar Monate her und kommt mir vor, als wäre es ewig - egal, ich fang schon wieder an zu schwafeln.
Ich sag also zu meinen Mitrollis, auf den müssen wir ein bißchen aufpassen, der wackelt noch ganz schön.
Paßt schon, ist nicht der Erste.
Das kam ganz selbstverständlich, so nach dem Motto, wir haben auch Augen im Kopf.

Kennt ihr den Effekt, wenn einem ganz plötzlich so ne ganz komplizierte Sache total klar wird?
So, als ob man sich schon lange im Dunkeln durchtastet und dann macht einer das Licht an?

Als ich damals hier ankam, da waren alle ganz nett, gut drauf, lachten viel über alles und jeden, sogar über meine dummen Witze. Schnell fühlte ich mich integriert, gehörte dazu.
Auf einmal hatte ich das Gefühl, die schneiden mich. So als hätte ich irgendwas furchtbar Dummes angestellt und man spricht nur noch das Nötigste mit mir.
Das waren alte Hasen, die auf mich aufgepaßt haben.
Da hab ich noch gewackelt, war psychisch instabil.

Die haben mir das Gefühl gegeben, dass jemand da ist, dass ich nicht alleine bin. Die haben mich praktisch an die Hand genommen, wie ein kleines Kind, das seine ersten Schritte macht. Und auch ruhig mal ein paar Tapse selbst machen kann.
Ist ja immer ne Hand da.

Als sie merkten, jetzt kann ich alleine weiter machen, haben sie wieder losgelassen. Das war, als ich die Musik als etwas zum Festhalten wiedergefunden habe. Das Loslassen kam allerdings ein bißchen plötzlich. Ich hab dann geglaubt, die mögen mich nicht mehr. Aber das waren eben keine Dachdecker, keine gelernten Psychos, sondern Rollstuhlfahrer, die alle das Selbe durchgemacht haben und mich eben ein wenig an die Hand nahmen, damit ich keine Dummheiten mache und nicht auf die Nase falle - bildlich gesehen.
So wie die Tanten und Onkels eben auf die Kleinen aufpassen.

Und jetzt bin ich mal dran - na ja, eher wie ein großer Bruder, der ein bisschen weiter ist, aber selbst noch jede Menge Erfahrung sammeln muss.

Nee, das hat mich so ziemlich geplättet, dass die alten Rollstuhlhasen so selbstverständlich auf die Frischen aufpassen, sie quasi an der Hand nehmen, bis sie einigermaßen alleine 'laufen' können - ohne großes Getue, einfach so. Macht man eben, wozu die Worte? Schließlich war man ja selbst mal ein Frischling.

Wobei - alter Hase und Frischling, das bezieht sich auf die Zeit, die jemand schon im Rollstuhl sitzt. Da ist es ganz normal, dass ich alter Knochen, der gut schon die Hälfte Leben durch hat, sich als Frischling bezeichnet und von der Erfahrung eines alten Hasen von Anfang zwanzig gerne lernt.

Es ist übrigens ein gutes Gefühl, dass ich ein klein wenig von der Hilfe, die ich damals bekam und immer noch bekomme, jetzt schon weitergeben kann.

Und ich verstehe langsam die Bedeutung des Ausdrucks: "Seine Belohnung in sich finden".

19
Hausmucke

*M*usik hat mir bisher schon einige Male geholfen, aus so mancher Krise wieder heraus zu finden. Meine besten Songs habe ich zum Beispiel während meiner Scheidung geschrieben.
Rock n' Roll, Du hast mich nie geliebt, Du hast nicht mal gewusst, dass es mich gibt...
Vielen Dank, Herr Dohrenkamp, das ist schon ziemlich nah dran!

Fingerpicking kann ich momentan vergessen, aber mit 'nem Plektron geht's so einigermaßen. Ans Klavier hab ich mich noch nicht ran getraut. Aber das liegt mehr daran, dass ich grad keins greifbar habe. Aber die gute alte Klampfe, die tut' s fürs Erste auch.

Wer weiß, vielleicht fallen mir sogar wieder ein paar Songs ein. Aber dazu muss ich erstmal von den Sch...- Schmerzmitteln runter. Momentan brauch ich sie halt noch.

20
Eingefangen

*I*ch sitze in der Ergo und meine Therapeutin ist mal wieder dabei, meine große Narbe am Handgelenk ein wenig weicher zu machen.

"Sag mal, was machst Du eigentlich für ne Musik?"

"Och, Rock so als Grobrichtung, gerne auch mal ne Ballade"

"Wir haben hier ne Hausband, hast Du Lust, mal mitzumachen?"

Ist der Papst katholisch?

Hat mein Rollstuhl Räder?

Na klar hab ich Lust, Mensch, endlich wieder Mucke machen!

Mein Freund und Duopartner hat mir in der Akutklinik "so als kleine Motivation" eine Silent Guitar geschenkt. Das ist ne Art E-Klampfe, die einen eingebauten Verstärker hat und die man über Kopfhörer spielen kann. Feine Sache für ne Klinik!

Das Gute dabei, das Teil hat auch nen ganz normalen Klinkenanschluß. Dann hört es sich an, wie ne gute Akustische, die über ein Piezo Pickup abgenommen wird.

So ganz zufällig hat die Band heute Abend Probe. Am Abend klopft' s bei mir.

"Wie siehts aus?"

Meine Therapeutin ist so nett und holt mich ab.

Und so steh ich mit meiner Klampfe um den Hals vorm Proberaum und wir warten auf den Mann mit dem Schlüssel.

Ganz nebenbei erfahre ich, dass meine Therapeutin auch in der Band ist. Sie ist die Sängerin.

Der Keyboarder und Bandleader kommt, "Hallo" und schließt auf. Ein ziemlich unauffälliger Typ. Genau so stellt sich klein Fritzchen einen Verwaltungsbeamten vor.

Erst später erfahre ich, dass er der Internatsleiter ist. Gut, dann kenne ich den auch.

Ganz im Gegenteil der Gitarrist und Frontmann. Der muss Pate gestanden haben, als der Ausdruck extrovertiert erfunden wurde.

Der Proberaum - Ich glaube, auf der ganzen Welt riechen die Proberäume gleich. Als würde ich nach Hause kommen. Das Equipment ist auch nicht von schlechten Eltern. Ein Röhren-Gitarrenverstärker wird aus der Ecke geholt und mir zugeteilt, für den ich eine ziemliche Weile sparen müsste. Das Teil mit dem "&" im Herstellernamen...

Gut, man sieht, dass das nicht alles auf einmal angeschafft wurde und auch schon ein paar Gigs hinter sich hat. Aber alles gut gepflegt. Mal sehen, wie der Abend noch wird.

"OK, was wollen wir machen, worauf hast Du Lust", während er sein Keyboard-Kabinett hochfährt, spielt er mir geschickt den schwarzen Peter zu. Aber das Spiel beherrsche ich auch.
"Och, macht doch erstmal ein paar Sachen von Euch und ich schaue, wo ich einsteige".
Ein klassischer Return.

Und dann verschlägt's mir glatt die Sprache. Jetzt kriege ich ein paar von meinen Lieblingstiteln um die Ohren gehauen, sauber mehrstimmig gesetzt. Der vermeintliche Verwaltungsbeamte hat plötzlich zehn Arme und an jedem Arm drei Hände und webt einen Klangteppich nach dem anderen. Mit den Füßen spielt er auf den Pedalen einen gefühlvollen Baß, leicht laid back, genau, wie ich es mag.

Die haben mir die Meßlatte mal hoch gehängt, da muss ich aber die Ärmel hochkrempeln.

Und ich dachte, bei einer Band, die sich Kellerrasselband nennt, da habe ich leichtes Spiel.

Wenn ich schon mal denke...

Bei Proud Mary versuche ich einzusteigen, aber meine Stimme, auf die ich mich blind verlassen konnte, meine Stimme, die jahrelang das Fundament meiner Musik war, meine Stimme ist weg!.

WEG!!!

Ich mache den Mund auf und was kommt raus? *Piep*

Aber nochmal jetzt, mit Schmackes! *Piep*

WAS IST DAS DENN?

Vielleicht 5% sind noch da.

Durch die Lähmung komme ich an die Muskeln, die ich für meine olle Rockröhre brauche, nicht mehr dran, was ich durch Training bestimmt kompensieren kann. Aber in dem Moment denke ich natürlich nicht so weit.
Mich packt die blanke Panik.

Meine Stimme ist weg!

Na, das ist ja ein toller Einstand! Ich merke, wie mir vor Entsetzen das Wasser in die Augen schießt.

Meine Chance kommt mit der Joe Cocker Version von With A Little Help From My Friends. Das war eins der Sahnestückchen von meiner alten Band. Zum Glück hab ich da alle Stimmen und Einsätze drauf.

Was mir momentan an Power fehlt, muss ich jetzt durch Gefühl ersetzen. Und Emotionen hab ich grad mehr als genug zur Verfügung. Also, Augen zu und laufen lassen.

Nach ein paar Takten merke ich, wie ich sicherer werde, OK, für den Druck muss ich noch trainieren, aber schließlich hab ich noch das Ohr und das Gefühl übrig. Der Vocal Caoch in mir meldet sich, jetzt bin ich dankbar für das jahrelange Training.

What would you doooo, - *Pause* - if I sang out of tune - *Achtung, jetzt lass Dich zurückfallen* - would you stand up - *jetzt mehr sprechen* - and walk out on mehehehe.

Na bitte, geht doch!

Die Einsätze meiner Gegenüber kommen auf den Punkt, sauber 2- und 3-stimmig gesetzt. So langsam komme ich wieder rein und es fängt an, Spaß zu machen. Ich komme auf Touren, der Wechselgesang haut auf Anhieb hin, die Antworten kommen genau da, wo ich sie erwarte, das Keybord rotzt genau den richtigen Hammond-Sound drunter.
Ich merke, wie sich die Härchen an meinem Unterarm aufstellen.

Das isses!

Das ist das, was für mich Musik ausmacht. Ich habe keine Ahnung, wie der Keyborder es schafft, gleichzeitig den Drumcomputer permanent umzuregistrieren, seine Füße spielen den Baß, als hätten sie ein Eigenleben, ich höre genau den richtigen Orgel-Sound, irgendwie spielt er noch ne Begleitung dazu, ja und nen sauberen Gesang liefert er auch noch ab. Der Typ muss in einem früheren Leben ne Krake gewesen sein, so viele Hände kann doch kein Mensch gleichzeitig koordinieren.
Dann der Gitarrist - Was dem an Stimmumfang fehlt, macht er locker mit seiner Performance wett. Ne C&W-Stimme eben. Mit der er rumspielt, wie die Nachbarskinder mit ihren Murmeln.
Die raue Stimme des Gitarristen harmoniert super mit dem souligen Alt der Sängerin. Die ist eh der Knaller. Stimmsicher, mit genau dem Anteil Rauch in der Stimme, der ohne Umweg übers Gehirn direkt in den Bauch geht. Manchmal sogar noch

eine Hand breit drunter.

Darüber schwebt ein klarer Bariton, der nur vom Keyboarder kommen kann.

Wo bin ich denn hier gelandet, das ist ja ober heftig.

Ich hab mal wieder Dusel - Cocker liegt mir, da kann ich mithalten.

Kennt Ihr das? Wenn es bei einem Song so richtig passt? Wenn sich das von selbst hoch schaukelt und einen einfach davon trägt? Genau das mach ich, ich lasse mich davontragen.

Wie, schon aus? Mit einem Whouwhouwhohu in einer gesungenen hawaiianischen Sonnenuntergangsblende lasse ich es langsam ausklingen. So mit nem Hauch Luft am Schluss.

War das geil!!!
Sorry, aber ein anderes Wort passt da nicht.

In den Gesichtern der anderen sehe ich, dass es sie auch nicht ganz unbeteiligt gelassen hat.

Die indische Meditationsfigur hat ihre vielen Arme wieder eingezogen und grinst wie ne Pepsodent-Werbung.

Der Gitarrist schaut seine Gitarre an, als wäre der ein neuer Hals gewachsen.

Und die Sängerin macht ein Gesicht, als hätte sie doch noch ein Gummibärchen in der Tüte gefunden.

Die Frage stellt sich nicht - Jetzt rassel' ich auch im Keller...

22
Der 1. Gig

*I*ch bin ziemlich aufgeregt, weil heute, kein halbes Jahr nach meinem Unfall, habe ich einen Gig mit der Hausband hier. Der Tag ging schon ziemlich gut los. Morgens hatte ich einen Termin zur Nachuntersuchung in der Querschnittsklinik. Gemeinsam mit einem anderen Rolli hat uns der Zivi hinten im Bus da rüber gekarrt. Ich bin von der Lösung, einfach den Rollstuhl zu verzurren, nicht so begeistert, aber wenigstens kommen wir vom Fleck. Beim Ausladen ging der Spaß los. Ich kam als zweiter auf die Hebebühne. Mittendrin sagt die plötzlich keinen Ton mehr. Weder vor, noch zurück. Meinem Zivi, sonst ein ziemlich fittes Kerlchen mit Migrationshintergrund, (irgendwann wollte ich diesen Ausdruck mal verwenden) kam sein italienisches Blut hoch. Keine Ahnung, was er da ab ließ, aber es hörte sich ziemlich böse an. Auch die Hebebühne schien beeindruckt und lies sich dazu überreden, mich auf die Straße zu befördern.

Panne Nr.1

Auf der Heimfahrt löste sich mein Rollstuhl aus der Verankerung und fuhr fröhlich mit mir im Bus hin und her. Natürlich auf einem Straßenstück ohne Haltemöglichkeit, steil bergab. Mein Mitfahrer konnte mich einfangen und so weit her holen, dass ich die Lehne des Vordersitzes mit beiden Armen umfangen konnte.

Unser Zivi ging vom Gas und lies den Bus vorsichtig rollen, bis er an einen Parkplatz kam. So sanft kann bestimmt kein zweiter bremsen.
In 2 Minuten war ich wieder fest gezurrt und weiter ging's.

Panne Nr. 2

OK, jetzt nur noch eine, dann muss der Gig grandios werden. Aber was ist, wenn die 3. Panne beim Gig passiert?

Glück muss man haben!

Beim Nachmittagskathedern, dass ich gerne mit einer Runde Entlasten im Bett verbinde, haben wir erst mal Rollstuhl-Fußboden-Transfer geübt.

Irgendwie wollte das Rutschbrett mit ins Bett – Platsch!

Gut, jetzt weiß ich dass der Tuchlifter bis zum Fußboden geht.

Panne Nr. 3!

Aber warum werd' ich das Lampenfieber nicht los?

Es klopft, vor der Tür steht unser Frontmann mit dem Internatszivi, die wollen mein Geraffel abholen.

Na dann - Toi, toi, toi...

23
Jahrestag

*H*eute ist es ein Jahr her, dass ich das Laufen verlernt habe. Könnte ich eigentlich als meinen 1. Geburtstag bezeichnen. Mach ich auch!
Irgendwo hab ich doch noch 'nen Cabernet Sauvignon rumstehen. Nicht, dass der schlecht wird.

Aber es ist auch Zeit, für eine Zwischenbilanz, für ein Resümee.

Ich bekomme immer wieder Zuschriften, dass meine Seite Betroffenheit ausgelöst hat. Das war eigentlich nicht meine Intention. Ursprünglich war es nur für mich ein Mittel, den ganzen Mist zu verarbeiten. Ich weiß nicht mehr, wie ich auf das schmale Brett kam, die Geschichte ins Internet zu stellen, aber es war die richtige Entscheidung. Die Reaktionen haben mich allerdings zum Teil ganz schön geplättet. dass ich nicht immer positiv ankomme, das ist eben so. Genau so, wie ich meine Meinung frei äußere, dürfen das auch andere tun. Es gibt genügend Gegenden, wo das nicht so selbstverständlich ist. Anregungen und Kritik helfen mir, besser zu werden. Schön, dass die meisten Kritiker auch den richtigen Ton treffen. Ich bin da ein wenig altmodisch.
Zum Glück für mein Ego sind die meisten Reaktionen durchaus positiv.

Manchmal fällt das Wort Mitleid in meinen Zuschriften. Es ist vielleicht gut gemeint, aber Mitleid, das benötige ich nun wirklich nicht.

Verständnis, etwas Aufmerksamkeit für die kleinen Dinge, die uns Rollstuhlfahrer manchmal viel, viel Aufwand kosten, das wäre schön.

Anteilnahme trifft es besser. Bringt zwar nicht viel, ist aber gut für's Ego.

Stimmt auch nicht, es bringt doch was. Das ist so, wie virtuell in den Arm genommen zu werden. Und so ein bisschen Kuscheln, das mag ich. Das kann ruhig auch mal ein bisschen mehr Kuscheln sein, idealerweise physisch.

Am meisten freue ich mich, wenn jemand in einer ähnlichen Situation, wie ich, auf meiner Seite einen Tipp findet, wie er oder sie die individuelle Lage ein bisschen verbessern kann.

Oder auch viel verbessern kann, freut mich natürlich noch mehr. Da lasse ich mich gerne als unbescheiden bezeichnen.

Aber jetzt mal ohne die Flachserei:

Mir persönlich hat das vergangene Jahr die Chance geboten, mich neu zu definieren, Gewohnheiten und Eigenarten, die ich an mir nicht mochte, abzulegen. Ich habe zum Beispiel aufgehört, zu rauchen. Erst gezwungenermaßen, dann habe ich weitergemacht. Immer noch eine tägliche Herausforderung an meine Willenskraft Mal sehen, wer gewinnt. Ich bin auf dem Weg zu mir zurück noch lange nicht angekommen, aber ich habe das Gefühl, die richtige Richtung eingeschlagen zu haben.

Spannung und Spaß, die Kleinigkeiten im Alltag, die ich früher übersehen habe, heute sind sie die Würze.

Ich hätte nie gedacht, was Zuhören für eine tolle Sache sein kann. Einfach nur da sitzen und zuhören. Wenn dann dein Gegenüber nur dadurch, das etwas ausgesprochen wird, eine persönliche Sache auf die Reihe kriegt und du siehst auf seinem Gesicht richtig, wie es ihm besser geht...
Die Reaktion macht mich manchmal richtig verlegen, aber es ist ein Wahnsinnsgefühl!

Vor meinem Unfall hätte ich das nicht hin gekriegt.

Langsam wird es Zeit, den Heimweg einzuschlagen, so richtig physisch. Aber das geschieht ebenfalls schrittweise. Erst für ein paar Wochenenden, dann gibt's Ferien, wie in der Schule. Na das wird noch richtig Stoff zum Schreiben geben.

Mir fällt auf, dass ich mit keinem Wort meine körperliche Situation erwähnt habe.

Ich sitze im Rollstuhl.

Und?

Durch meine neue Situation sehe ich die Welt mit anderen Augen. Das Leben kann so witzig sein. Du musst nur richtig hinsehen und hinhören.

Der Para

Ich lese gern und viel. Am liebsten Science Fiction.
In dem Genre gibt es häufig Protagonisten, die übersinnliche Fähigkeiten haben. Sie können Gedanken lesen, Dinge bewegen, sich selbst an andere Orte versetzen oder irgendwelche anderen Kunststückchen.
Manchmal sind es Menschen, manchmal Außerirdische, je nach Fantasie des Autors. Diese Spezialisten nennen sich meistens Paras, von parapsychisch begabt.

Beim Lesen kam mir es oft in den Sinn, es wäre doch schön, auch ein Para zu sein.

Jetzt bin ich Paraplegiker, abgekürzt Para.

Ein arabisches Sprichwort sagt:
"Bedenke, worum Du betest. Du könntest es bekommen!'

Perfekter Service...

Ich bin wegen der Blasenlähmung nicht mehr ganz dicht. Ist halt so. Manchmal kann ich das mit einer Einlage abfangen, manchmal brauche ich ein Urinal-Kondom. Die Dinger werden angeklebt. Vorher wird noch ein Hautpflegemittel aufgetragen. Sobald das getrocknet ist, kann das Kondom geklebt werden. Durch meine Bewegungseinschränkung kann ich das (noch) nicht selbst machen...
Schwester vom Frühdienst ist leicht im Stress, weil 4 Patienten gleichzeitig aufstehen wollen. Wie üblich, will das doofe Hautpflegemittel mal wieder nicht trocknen. Was tut die gute Hausfrau, wenn etwas schnell trocken werden soll? Drauf pusten! Auf meinen leicht irritierten Blick meint sie im

schönsten Plauderton:
Siehst Du, jetzt kriegt Du vor dem Frühstück noch einen geblasen. gehört alles zum Service hier.

Die Nudel

Ich genieße die morgendliche Wassergymnastik. Durch das viele Metall in meinem Rücken und die fehlende Beinkontrolle brauche ich aber momentan noch eine Schwimmhilfe. Diese Schwimmhilfe sieht aus, wie eine große Nudel und wird auch von den Therapeuten Schwimmnudel, kurz: Nudel, genannt. Manche Therapeuten unterstützen mich an der Schulter, manche an den Rippen, um mich über Wasser zu halten. Meine Stammtherapeutin packt mich meistens an der Schwimmhilfe.
Abends telefoniere ich mit meiner Frau. Ich erzähle ihr, dass mich manche hier, andere andere da halten, um mich zu unterstützen. "Und Deine Stammtherapeutin?"
"Die zieht mich an der Nudel durchs Wasser..."

Lecker Popcorn

Ab und zu sehen wir uns gemeinsam Filme an, so richtig mit Leinwand und Popcorn. Der Zivi versteht es, so richtig Kinoathmosphäre zu schaffen. Der letzte Kinoabend vor den Feiertagen. Der Zivi verteilt Popcorn aus großen Eimern. Jeder bekommt so viel, dass die angebrochenen Eimer alle leer sind. Eine Patientin kommt mal wieder etwas später. Großer Auftritt, und so... Man muss dazu sagen, die Gute ist auch leicht übergewichtig. "Oh, Popcorn, krieg' ich auch was?" Mit leicht säuerlichem Lächeln öffnet der Zivi doch noch mal einen Eimer. Toll, jetzt habe ich über die Feiertage doch noch einen angebrochenen Eimer, den kann ich bis zum nächsten Kinoabend wegwerfen. Irgend etwas in dieser Richtung geht unserem armen Zivi durch den Kopf. Mit einem strahlenden Dankeschön nimmt unsre Freundin dem entsetzten Zivi den ganzen Popcorneimer aus der Hand.
Als das Licht wieder angeht, stellen wir zu unserer Verblüffung fest, dass die Sorge unseres Zivis, das Popcorn aus dem angebrochenen Eimer könnte über die Feiertage schlecht werden, unbegründet war...

Während ich hier tippe, sagte gerade der Rundfunkmoderator: "Da kommst Du nach Hause, willst Dich auf die faule Haut legen - und da ist die Einkaufen..."

Geht's?

Ich will in den Aufzug, sagt ein Fußgänger: "Geht's denn?" Abgesehen davon, dass dieser Ausdruck im Ländle geradezu exzessiv gebraucht wird, einem Rollstuhlfahrer gegenüber finde ich ihn irgendwie unpassend. Meine private, unbedeutende Meinung. Jedenfalls packt mich der Schalk und ich lasse einen flammenden Monolog darüber vom Stapel, dass "Geht's" einem Rollstuhlfahrer gegenüber von fehlendem Fingerspitzengefühl zeugt, etc und blablabla. Man solle doch besser klappt's oder alles OK oder etwas in der Art sagen. Fußgänger wirkt leicht überfordert und quält sich ein verzagtes 'Alles in Ordnung?' heraus.

Mit einem fröhlichen "Es geht so" verlasse ich den Aufzug, der gerade in meiner Etage hält.

Das neue Bett und die Transportsicherung

Mein Bett läßt sich nicht auf Rollstuhlniveau herunterfahren, ich bekomme ein neues. So ein High-Tech-Teil, mit allem Schnickschnack. Da sind auch geteilte Bettgitter dabei, die, wenn man sie nicht braucht, unauffällig unter dem Bett versenkt werden. So ein Bettgitter ist eine gute Idee, wenn man keine Kontrolle über seine Beine hat. Wenn beim Umdrehen mal ein Fuß aus dem Bett rutscht, dann kann schon mal das Bein nach-rutschen. Ja, und am anderen Ende vom Bein hänge ich.

Platsch - Pflege darf mit Tuchlifter antraben und mich wieder vom Boden aufsammeln.

Bei dem neuen Bett kann ein Beingitter aus geklappt werden - wenn man die Transportsicherung vorher entfernt, wie gesagt, neues Bett. Gemeinerweise besteht diese Transportsicherung aus einem schwarzen Kabelbinder. Dieser ist so angebracht, als gehöre er dort hin. Noch gemeiner ist, dass das Gitter in sich zusammengefaltet ist, statt , wie gewöhnlich, teleskopartig zusammen geschoben.

Schwester vom Spätdienst will das Gitter raus klappen. Ich merke, das war bisher nicht ihr Tag und ihr Nervenkostüm ist schon ziemlich angegriffen. Zu allem Übel ist der neue Bettentyp auch für sie neu. Sie zieht, das Gitter bewegt sich keinen Millimeter. Stirnrunzeln, aha, das muss erstmal entriegelt werden. Aber wo ist der Riegel? Langsam schieben sich die Mundwinkel nach unten. Hm, das müsste er sein. Klick, das Gitter kommt eine Hand breit heraus, das war's. Eine zarte Röte überzieht ihr Gesicht.

Ich kann Sie ja verstehen, da soll man vor den Patienten professionell sein und da kommt so ein doofes Gitter kurz vor Feierabend...

Eigentlich ist sie ja ne ganz liebe und hat's auch fachlich drauf, aber es gibt halt solche Tage.

Ich versuche ein zaghaftes "Transportsicherung?", erreiche aber nur, dass die leise Röte kräftiger wird.

Gitter wieder rein, klick, also die Verriegelung funktioniert.

Gleich platzt sie.

Ich versuche so zu tun, als sei ich gar nicht da.

Riegel auf, Gitter eine Hand breit raus. Hm, da ist noch ein Knopf, das Gitter faltet sich ein winziges bisschen auf, klemmt wieder.

Sie beginnt, an dem Gitter zu rucken, fängt sich aber sofort wieder. Alle Achtung, da hat sich aber jemand im Griff!

Das Knurren, das sie jetzt von sich gibt, erinnert mich an eine Bärin, die ihr Junges in Gefahr sieht.

Ein Druck auf den Knopf der Rufanlage. "Ja Bitte?" "KOMM HOCH!"

Die Kollegin ist in Lichtgeschwindigkeit da. "DAS GEHT NICHT!"

Die Kollegin bückt sich, schaut, leiht sich mein Taschenmesser aus, schnipp, klick. Das Gitter sitzt da, wo es sitzen soll. "Wars's das? OK." Weg ist sie wieder.

Die Schwester ist wie verwandelt. Mit einem breiten Grinsen steht sie da, als wäre das ein Riesenspaß für sie gewesen. "Hach, das hat jetzt richtig gut getan." Und lässt mich mit offenem Mund zurück...

2 + 1 = 3, oder?

Bewegungsabläufe immer wieder wiederholen, sprich üben, ist bei Musikern, Sportlern, etc. sehr beliebt. Ich kann mich noch erinnern, wie ich das Vokabel Pauken "geliebt" habe. Doch nicht in jeder Situation ist das richtig.

Ich habe beim Kathedern gelernt, 2 Einmal-Waschlappen bereit zu legen, um mir vorher und hinterher die betreffenden Stellen zu säubern. Ich selbst verwende 3 Stück, damit ich mir hinterher auch die Hände waschen kann. Nicht immer hat man ein Waschbecken in Reichweite.

Ich liege mal wieder im Bett, Schwester hilft mit bei der Vorbereitung. Ich bitte um 3 Waschlappen, bekomme 2.
Jedes Mal.

Irgendwann mache ich mir den Spaß und bitte um 2 Waschlappen und noch einen.
Schwester bringt 3.
Jedes Mal.
Mein Zimmernachbar fällt fast aus dem Bett.

Nein, ich sage nicht, was sie für eine Haarfarbe hat, sonst heißt es noch, ich würde Klischees schüren...

Toller Einkaufswagen

Meine Frau und ich sind einkaufen gegangen. Das erste Mal gemeinsam in unserer neuen Wohngegend. Langsam sammeln sich die Tüten, so dass ich einen Teil auf meine Knie packe. Als wir an einer Bäckerei vorbeikommen, sehe ich ein Schild 'Rhabarberkuchen'. Dummerweise hat die Bäckerei ein paar Stufen vor dem Eingang. Ich bitte also meine Frau, für uns Rhabarberkuchen zu kaufen. Sie lagert ihre Einkäufe auf meinen Beinen zwischen und geht hinein. Von drinnen ist jetzt vor der Tür ein Tütenberg auf Rädern zu sehen, aus dem oben ein Kopf raus schaut. Auf die Frage der Verkäuferin, ob sie eine Tragetüte möchte, deutet meine Frau zu mir und meint, die brauche sie nicht, sie habe ja ihren Einkaufswagen dabei. Ich sehe an der Gestik ungefähr, worum es geht. Mein Kommentar, laut genug, dass man es auch drinnen hört: "Hat nicht jeder, 'nen Einkaufswagen, der selber fährt"!
Das Gesicht der Verkäuferin - Vergnügungssteuerpflichtig!!!

Weißt Du, was ein Hammer ist?
Das ist so ein Klumpen verdichtetes Metall mit 'nem Stiel dran, meistens aus
Holz...

Abschlepper

Gemeinsam mit einer Mitpatientin bin ich in die Stadt gefahren. Sie im E-Rolli, ich habe meine Zugmaschine vorgespannt. Während sie in einem Geschäft stöbert, schaue ich mir in der Fußgängerzone die Leute an. Mir fallen zwei gut aussehende Rollifahrerinnen auf, die offensichtlich ihre Kräfte überschätzt haben und jetzt ziemlich hilflos in der Gegend rum stehen. Welcher Mann, auch wenn er nur noch 1,20 ist und Räder hat, mutiert da nicht zum Prinzen auf dem weißen Pferd? Ich will mich bei meiner stöbernden Begleiterin abmelden, aber sie ist so vertieft, dass sie mich gar nicht wahrnimmt. Auch gut, bin ja gleich wieder da. Eine Rollifahrerin hängt sich an mich dran, ihre Kollegin an sie und los geht's. Quer durch die Fußgängerzone und auf der anderen Seite den Hügel hoch. Lok und Tender sind schnell in eine angeregte Unterhaltung vertieft. Nach ein paar Minuten fällt uns auf, dass die dritte im Bunde so still ist. Klar, die steht ein paar hundert Meter hinter uns und schimpft wie ein Rohrspatz. Die Situation grenzt ans Skurrile.

Na ja, wir sammeln unsere verlorene Seele wieder ein und ich liefere die beiden in ihrer Klinik ab. Jetzt aber nichts wie zurück, meine Begleiterin wird bestimmt schon warten.

Als ich an dem Laden ankomme, steht sie schon davor und schaut mir mit fragendem Gesicht entgegen. Wo warst'n?
Hab mal schnell 2 Frauen abgeschleppt...

Das neue Zimmer

Ein Patient wohnt nach vorn heraus und bittet darum, ein Zimmer nach hinten zu bekommen, weil ihn die Straßenbahn stört. dass da eine Bushaltestelle ist, hat er noch nicht bemerkt. Auf der anderen Seite ist ein Zimmer frei und so wird seiner Bitte entsprochen. Ein Pfleger reicht ihm den Schlüssel zu seinem neuen Zimmer.

"Ah, das ist jetzt wohl mein neues Zimmer."
"Nein, das ist ein Schlüssel."

Die Rollstuhlrampe

Wenn man täglich mit Rollstuhlfahrern und Fußgängern zusammen ist, verschwimmen manchmal die Unterschiede, was zu so manchem geistigen Rösselsprung führt...

Ich habe in der Stadt einen tollen Buchladen entdeckt. Zurück in der Klinik schwärme ich dem Pfleger vor, was es da so alles gibt. Leider hat der Laden eine Stufe vor dem Eingang, aber der Ladenbesitzer hat da so eine kleine Rollstuhlrampe aus Riffelblech. Der Weg vor dem Laden ist etwas abschüssig, deshalb ist die Rampe asymmetrisch. Während ich dem Pfleger genau beschreibe, wie er mit dieser asymmetrischen Rampe in den Laden hinein kommt, wird sein Grinsen immer breiter, was mich denn doch leicht irritiert. Das hat zur Folge, dass meine Erklärung detaillierter ausfällt, als ich eigentlich vorhatte.

Endlich glaube ich, dass jetzt klar ist, wie man mit dem Rollstuhl in den Laden kommt. Nur, warum grinst er denn immer noch?

"Das hast Du jetzt richtig schön erklärt, aber weißt Du - ich kann laufen".

Noch 'n Abschlepper (oder - Zuhören!)

Beim letzten 'Frischfleisch' war eine sehr gut aussehende Rollstuhlfahrerin dabei. Sie ist keine deutsche Muttersprachlerin, spricht dafür mit einem ganz lustigen Akzent. Sie fragt mich, ob es in der Nähe einen Laden gibt. Ich will sowieso einkaufen, also biete ich ihr an, sie zu begleiten. Jetzt geht es in die Stadt ziemlich bergab. Im Rollstuhl nicht weiter schlimm, aber zurück geht's bergauf. Ich habe ja meine Zugmaschine, also kein Problem. Ich sage meiner Mitpatientin, sie könne sich an mir festhalten, dann ziehe ich sie den Berg hoch.

Gesagt, getan, als wir los wollen, meint sie noch, jetzt bräuchte sie einen E-Roll. Haben wir aber nicht, also komm jetzt. Auf dem Rückweg muss sie zweimal loslassen. Der Berg ist aber auch schon recht steil. Oben angekommen, sagt sie, das war ja jetzt ganz lustig, aber das nächste mal nimmt sie dann doch lieber ihren E-Rolli.

Die neuen Schuhe

Eine junge Rollstuhlfahrerin bekommt von ihrer Mutter ein paar modische neue Schuhe mitgebracht. Schick sehen sie aus, nur sitzen sie ziemlich stramm.

Sagt die Mutter:

"Das ist normal bei neuen Schuhen. Die musst du natürlich noch einlaufen."

Der freundliche Polizist

Stadtfest in der Kurstadt, in der ich momentan residiere. So viele Menschen auf einmal hat das Tal schon lange nicht mehr gesehen. Jetzt habe ich schon eine Fahrradklingel an meinem Rollstuhl, weil auf 'darf ich bitte vorbei' oder etwas in der Richtung kaum jemand hört. Heute kann ich klingeln, soviel ich will, es interessiert keinen Menschen.

In der Innenstadt ist ein Markt aufgebaut. Ein Stand hat Fußball-Fanartikel: Vereinswimpel, Deutschland-Fahnen, Trikots und solche Sachen halt. Unter anderem liegen auch Preßluft-Fanfaren aus. Als ich dem Verkäufer erkläre, wozu ich die Fanfare benötige, greift er unter den Tisch und holt ein besonderes Modell heraus. Auf der Kartusche ist eine Warnung aufgedruckt - 140 db!

Im nächsten Menschenpulk drücke ich vorsichtig kurz den Auslöser. Beeindruckend, die springen aus dem Stand locker mal so einen halben Meter hoch. So ungefähr.

Auf dem Rückweg in die Klinik drücke ich auf halbem Weg mal etwas fester. Tolles Echo! Als ich mit meiner Familie wieder an der Klinik ankomme, hält hinter uns ein Streifenwagen. HA, sagt meine Frau, jetzt kriegst Du eine auf den Deckel wegen deiner Fanfare. Der Polizist steigt aus, kommt auf mich zu - und fällt mir um den Hals.

Wo er schon mal dabei ist, umarmt er noch meine Frau und meine Tochter, drückt meinem Sohn die Hand...

Es ist ein früherer Mitpatient mit dem ich schon zusammen Musik gemacht habe und der sich einfach freut, mich zu sehen. Er wurde für das Stadtfest von seiner Dienststelle hierher 'ausgeliehen'. Ich habe ihn in der Uniform erst gar nicht erkannt.

Die Gesichter der Passanten - herrlich.

Meins sehe ich ja nicht...

25
Ganz normaler Wahnsinn

*L*angsam geht es mir gewaltig auf den S.., Tschuldigung, auf den Senkel, fast jedes Mal in der Nacht von Sonntag auf Montag zum Schokospringbrunnen zu mutieren. Die Mediziner nennen so etwas eine unklare Diarrhhö, mich nervt's einfach bloß. Der beste Weg, herauszufinden was das ist, ist nach schauen. Das hat ja letztendlich auch am Besten mit meinem Nierenproblem funktioniert. Ich brauche eine Coloskopie, eine Darmspiegelung. Hier in der Reha kann man so etwas natürlich nicht machen, also rufe ich einfach mal meinen Hausarzt an. Der hat 2 Adressen, eine Praxis und eine Klinik. Als Querschnitt ist mir die Klinik lieber. Am Telefon frage ich nach, ob man Erfahrung mit Querschnittspatienten hat, na klar, kein Problem, ich müsste nur einen Tag früher kommen. Hm - Donnerstag rein, Freitag raus - Wochenende! Klar, machen wir so. Meine Frau kann mich Mittwochabend abholen.

Eigentlich wollte ich auch noch mal bei meinem Brötchengeber vorbei schauen, schließlich sind die mit der ganzen Firma in ein neues, behindertengerechtes Gebäude umgezogen. Bevor die wieder alles zumachen, bei putzen, tapezieren - wer weiß, vielleicht fällt mir noch was auf, da muss nicht hinterher wieder aufgerissen werden.

Ach ja, und um ein Auto mit dem entsprechenden Umbau wollte ich mich auch noch kümmern.

Hatte ich schon erwähnt, dass an dem Wochenende in unserem Dorf Straßenfest ist?

Also, Telefon her, Kalender aufgeschlagen, der Emailer läuft sowieso schon. Mal sehen, ob wir da nicht was machen können.

Eigentlich bloß ein verlängertes Wochenende, in Wirklichkeit der ganz normale Wahnsinn...

26

Mittwoch

*E*s geht mal wieder nach Hause. Eigentlich sollte das ja eine ganz normale Sache sein. Ich bin mal wieder so aufgeregt, wie damals als Gymnasiast vorm ersten Treffen mit den Mädels aus dem Lyzeum.

Irgendwie bringe ich vormittags noch den Unterricht rum. Toll, jetzt habe ich noch nen Authentifizierungsfehler bei der Anbindung an den Datenbankserver fabriziert. Zum Glück habe ich mir ne Hintertür eingebaut, da kann ich mich wieder rein lassen in den Server. Mach ich gleich ne Übung draus. Schaunmermal, ob wir das, was wir in der Theorie so gelernt haben, auch bei einem echten Fehler anwenden können.

Endlich Mittagspause, Essen, Kathedern, Entlasten, dann muss ich meine Sachen zusammensuchen. Einweisungsschein, Arztbrief, Medikamente checken, schließlich bin ich 5 Tage weg...

Ein Blick aufs Handy, oh je, 3 verpatzte Anrufe daneben die Nummer von meiner liebsten Gesprächspartnerin. Gleich zurückrufen, hoffentlich nix Schlimmes.

Während ich darauf warte, dass das Desinfektionsmittel wirkt, drücke ich auf Rückruf. "hallo?" "Ich wollte nur sagen, ich bin früher los gekommen, bin gleich da".
PANIK! ich hab noch nix gepackt, liege da, in einer Hand das Handy, in der anderen den scharfgemachten Katheder - Jetzt aber los!

Wenigstens schaffe ich es noch, mich zu kondomieren, bevor Sie mit ihrem breiten Grinsen, das ich so liebe, durch die halb geöffnete Tür spitzt.

"Ja wie, Du liegst noch in der Koje?"

Was dann kommt, können glaube ich nur Frauen. Meine jedenfalls ist da perfekt drin. Mit einer Hand holt sie mich aus dem Bett in den Rollstuhl. Mit der anderen Hand packt sie meine Klamotten zusammen, mit einer anderen Hand schnappt sie sich meine Dreckwäsche, mit noch einer anderen Hand checkt sie noch mal meine Pflegeutensilien. Irgendwie sieht das so leicht, so selbstverständlich aus. Ich nehme meine seit 3 Tagen sorgfältig geführte Checkliste und lasse sie unauffällig im Papiermüll verschwinden.

Und schon sind wir unterwegs Richtung Autobahn.

Zu Hause herrscht Ausnahmezustand. Meine Tochter hat Jahresabschlußfeier in der Schule. Eltern mit heranwachsenden Töchtern wissen, was ich meine, den anderen möchte ich die Überraschung nicht verderben.

Meine Frau setzt ihre Leidensmiene auf. Dem Vatta gehts ja sooo schlecht, aber geh du nur zu deiner Feier, ich kann halt nicht mitkommen.

Unsere Tochter trägt's mit Fassung, ganz der Vater eben. Schließlich singt sie heute Abend und hätte sich gefreut, wenn wenigstens ihre Mutter das gesehen hätte.

Ich weiß zwar noch nicht so genau, was meine liebste Kindererzieherin so vorhat, aber ich spiele vorsichtshalber mal mit. Leidensmiene hab ich auch gut drauf.

Die Haustür ist noch nicht richtig zu, verschwindet meine bessere Hälfte im Schlafzimmer. "Schau mal, kann ich das anziehen?" Aha, jetzt klärt sich das Ganze. Wir gehen wohl doch hin. Durch den frühen Abmarsch kam ihr Timing etwas durcheinander, eigentlich hätte die Jugend mich gar nicht sehen sollen. Improvisation ist eben alles.

Das Gesicht unserer Tochter ist sehenswert, als ich da plötzlich auf den Hof rolle. Das wir jetzt plötzlich beide da stehen, das ist ihr ungeheuer wichtig.

Gut merken, das.

Eine Schülerin sitzt ebenfalls im Rollstuhl. Oh, denke ich bei mir, hier wird integriert, feine Sache das.

Ganz schnell stelle ich fest, dass hier mal wieder ein Vorzeige-Rolli kreiert wurde. Eine Alibi-Rollstuhlfahrerin, fest in Watte gepackt.

Von vorne bis hinten bedient, vorgezeigt, nee, vorgeführt, wie ein dressierter Affe. Eine unglückliche Diva.

Schaut mal her, wie toll und integrativ wir sind. Und das ist noch nicht einmal böse gemeint. Hallo, habt ihr eigentlich kapiert, worum es hier geht?

Lasst doch das arme Kind um Himmels willen Mensch sein, lasst sie ihre eigenen Erfahrungen machen. Die muss sich ab und zu mal ne blutige Nase holen, damit sie wenigstens ein bisschen Ahnung kriegt, was auf sie zu kommt. Und damit umgehen kann.

Zum Glück sind auf dieser Schule Menschen, die mit Rollstuhlfahrern umzugehen gelernt haben. Die werden sich der Sache schon annehmen.

Eigentlich kann es mir ja egal sein, ich hab morgen einen Termin.

*M*ein Sohn hat im Betrieb Bescheid gesagt, dass er später kommt, so kann er mich in die Klinik fahren. Telefonisch hatte ich ja abgeklärt, dass man dort Erfahrung mit Querschnitten hat. Für die Untersuchung, die in einer Schlafnarkose durchgeführt wird, muss natürlich der Darm leer sein. Da ich mich auf dem Toilettenstuhl nicht allzu lange halten kann, muss ich liegen. Eine gewisse Menge Zellstoff unter mir, die bei Bedarf ausgetauscht wird, kann selbst den schlimmsten Dünnpfiff auffangen.

Die Klinik, ein ehemaliges Kreiskrankenhaus und jetziges Profit Center, macht auch einen guten Eindruck. Ein heller, freundlicher Eingangsbereich, große Fenster, die Computer, die ich sehen kann, haben alle Flachbildschirme. Die Privatisierung scheint der Klinik gut bekommen zu sein. Der neue Name erinnert ein wenig an den ollen Griechen oder Römer mit seinem Schlangenstab, aber ich muss die Klinik ja nicht heiraten. Meine persönlichen Daten sind schon vor mir eingetroffen, es lebe der Datenschutz.

Ich werde in die Aufnahme gebeten, ich sei noch etwas früh, käme aber gleich dran. Relativ flott bin ich trotz des frühen Eintreffens in einem modern ausgestatteten 2-Bett Zimmer mit eigenem Bad.

Für'n Kassenpatienten nicht schlecht. Bei der Eingangsuntersuchung bietet man mir an, zur Coloskopie gleich noch eine Gastroskopie mit zu machen, das sei kein Problem, ginge fast gleichzeitig. Gutes Marketing, und weil Magen und Darm ja doch irgendwie zusammenhängen, macht es sogar Sinn.
Ich flachse noch, nehmt doch einfach einen langen Schlauch, dann geht es in einem Aufwasch.

Hm, die haben jetzt nicht unbedingt meine Art von Humor.

Schon wieder kommt so ein Weißkittel an, er soll mir Blut abnehmen. Kriegt er. Die Nadel lässt er drin, fixiert sie mit einem Pflaster, legt noch eine kleine Binde rund rum.
"Chef, das scheuert aber ganz schön, nicht dass ich wieder ne offene Stelle kriege."
"Ach, das mache ich tausend Mal am Tag, das paßt schon."

Ich werde hellhörig. Jeder, der sich mit Querschnitten auskennt, wird sofort ernst, wenn das Thema offene Stelle angeschnitten wird. Und der Typ fertigt mich mit einer Handbewegung ab

Aufpassen, Dicker, da paßt was nicht.

Aber erstmal werde ich ins Bett gebracht. Mit meinen Anweisungen funktioniert das ziemlich gut. Danke, einmal an die Ergo und auch an die Pflege in der Reha-Klinik. das habt ihr mir gut beigebracht. Haben wir aber auch geübt bis zum Abwinken.

Ich habe mir ein dickes Buch mitgebracht. Tom Clancy, der tobt sich auch immer aus, beim Schreiben. So werden seine Bücher so richtig dick. Außerdem spielt heute Abend Deutschland gegen Portugal. Wenn die so spielen, wie bisher, kann ich wenigstens prima einschlafen.

Die Schwester kommt mit einer großen, blauen Kanne und zwei Schnabelbechern. Klar, im Liegen kann ich nicht trinken. Und ich muss diese Kanne in zwei Stunden leer haben.

Hmmm, lecker, schmeckt wie warmer, gesalzener Sirup, in dem eine vereinsamte Limone sich ertränkt hat. Das ist das einzige, was ich heute noch bekomme. Wenns schee macht...

Als die Kanne leer ist, kommt die Schwester mit einer Bettpfanne an. Hallo, ich Querschnitt, ihr Spezialisten. Hat man mir jedenfalls am Telefon gesagt. Ach ja, richtig. Die Schwester verschwindet wieder. Und kommt mit einem sterilen Paket zurück. Ich muss ja viel trinken und bekomme auch noch eine Narkose. Mit intermittierender Kathederisierung könnte das Probleme geben. Und schon habe ich eine 4-Spurige Keimautobahn drin. Der immer wieder gern genommene Dauerkatheder. Na toll, und was ist mit der Bettpfanne, ich merke doch nix.

Das war jetzt aber ne Steilvorlage für die Pflege. Quasi eine Einladung. Zack, schon sitze ich auf der Bettpfanne. Ach, ihr habt keine Zeit, mir ab und zu den Zellstoff auszuwechseln? Vielleicht habt ihr ja Zeit ein paar Mal pro Stunde Hautkontrolle zu machen. Ist zwar kein Zellstoffwechsel, macht aber auch keinen Spaß.

Klingeling, ich taste mit den Fingern an eine Stelle, wo die Bettpfanne auf eine Hautfalte trifft. Da scheint es warm zu sein, würden sie bitte einmal nachsehen? Je saurer ich bin, desto höflicher werde ich. Da kann ich nichts dazu. Ist aber immer wieder eine Überraschung, wenn ich dann quasi aus heiterem Himmel explodiere.

Nach der x-ten Hautkontrolle, um die ich inzwischen mit erlesener Höflichkeit bitte, bekomme ich die Bettpfanne aus gepolstert.

Schweinsteiger und Klose sorgen zeitgleich ebenfalls für ein bisschen Polster.

Die Schwester denkt mit, geht mit einem ähnlichen Elan dran, wie diese 11 Rasenschachspieler, die plötzlich entdeckt haben, dass Fußball auch anders geht. Ich versuche, ihr den Sachverhalt zu erklären. Dieses Stückchen Haut, auf dem ich da sitze, auf dem sitze ich bis zu 14 Stunden am Tag. Ich merke aber nichts, das heißt, die kleinste Hautirritation kann verheerende Folgen haben.

Als dann Ballack noch mal einen drauf setzt, werde ich endlich, nach etlichen Stunden, von der Bettpfanne runter gesetzt. Ich male mir aus, wie meine Haut jetzt wahrscheinlich aussieht, aber die Schwester kann mich beruhigen. Zur Sicherheit cremt sie mich noch ein und bringt - eine Windel an.

Nee, oder? was soll ich denn jetzt damit. Mit so einem Teil habe ich bewiesen, dass der Mensch vom Affen abstammt. Ich erkläre ihr, dass ich keinesfalls wie ein Pavian aussehen möchte und auch keine Lust auf ein paar Monate Bauchlage habe.

Sie verspricht mir, es könne absolut nichts passieren. Sie würde selbst regelmäßig nachsehen.

Und wirklich, sie sieht regelmäßig nach. Im Halbschlaf bekomme ich noch mit, dass sie noch ein Nachbeben von diesem fürchterlichen Saft entsorgt und mir eine frische Windel verpasst. Hätte ich mein Schamgefühl nicht schon vor einem Jahr verloren, ich würde diese Windelei entwürdigend finden. Aber egal.

Morgen noch das bisschen Untersuchung und dann geht's wieder heim.

Sicher?

Freitag

*G*uten Morgen, es ist 5 Uhr, hier ist ihr Frühstück. Warum lasst ihr denn nicht gleich ne Militärkapelle durchs Zimmer marschieren? Momentema, wieso Frühstück? Da hab ich mühsam die halbe Nacht abgeführt, diesen fürchterlichen Saft getrunken - heute ist doch Untersuchung?

Vorsichtig hebe ich erstmal ein Augenlid hoch. Siehe da, auf meinem Nachttisch steht die große, blaue Plastikkanne, in der gestern dieser wunderbare Saft war.
Randvoll.

"So, jetzt gibt es die zweite Portion", flötet es mir ins Ohr. Wie kann man um die Uhrzeit so eine gut gelaunte Betriebsamkeit verbreiten? Die nackte Folter!

Ich öffne auch das zweite Auge, reibe beide Augen ein bisschen, aber die Kanne bleibt real.

Bei der Kanne stehen 3 Schnabelbecher, zwei leere, einer mit Wasser und einem Teebeutel drin. Ach ja, richtig. Ich hatte abends noch einen Tee bekommen. Nachts hat mir die Nacht-schwester etwas Wasser gegeben. Ich hatte sie gebeten, nicht die Becher zu nehmen, in denen der Abführsaft war, sondern den Teebecher. Leider hatte ich versäumt, sie zu bitten, dass sie den Teebeutel aus dem Becher raus nimmt.

Meine Schuld.

Na denn! Ich fülle also meine Schnabelbecher und mache mich daran, die Kanne zu leeren. Die schmeckt auch nicht besser, als die von gestern. Und da kommt auch schon die Bettpfanne.

Prima, wenn wir so früh anfangen, dann komme ich auch früh in den OP und kann heute Mittag noch mal bei meinem Hausarzt vorbei schauen. Einfach mal so, zu Besuch. Das ist so eine liebe Truppe, da kann ich die paar hundert Meter ruhig mal rüber rollen.

Ich schnappe mir also mein Buch, schalte das Radio ein und kümmere mich um die blaue Kanne.

Jede halbe Stunde höre ich Nachrichten.

In der Zwischenzeit hat man mich wieder auf die Bettpfanne gesetzt, diesmal gleich gepolstert. Aha, die sind lernfähig.

So vergeht die Zeit.

Ich warte.

Mit steigender Ungeduld.

Mein Zimmernachbar ist der einzige, der ab und zu mal zwischen zwei Zigaretten hereinkommt.

So langsam steigt mir die Galle hoch.

Ich liege da, weiß nicht, wann ich drankomme, außer meinem Zimmernachbarn sehe ich keinen Menschen.

Ab und zu geht die Tür auf und wieder zu, aber niemand kommt herein. Ich habe keine Ahnung, was vorgeht. Liege ich im Zeitplan, gab es eine Panne, hat man mich vielleicht sogar vergessen?

Gegen Mittag meldet sich mein Handy. Meine Frau möchte wissen, ob sie mich schon holen kann.

Der letzte, der die Tür aufgemacht hat, ohne herein zu kommen, hat sie offen stehen lassen, so dass ich im Durchzug liege.

Eigentlich müsste man mich jetzt draußen hören. "OB DU MICH HOLEN KANNST?", ballere ich los, "Ich weiß überhaupt nicht, ob man realisiert hat, dass hier jemand wartet!" Meine Frau merkt sofort, wie der Hase läuft, dass ich nicht sie meine. Ist eben ein pfiffiges Mädchen, meine liebste Zuhörerin. Sie meint nur, es klingt noch nicht sauer genug.

Kein Problem.

"SEIT FÜNF UHR LIEGE ICH MIR HIER NEN WOLF - KEINE SAU INTERESSIERT SICH FÜR MICH - ABER DAS IST MIR SCHEISSEGAL; ICH HAUE HEUTE WIEDER AB - MIT ODER OHNE UNTERSUCHUNG!"

Zwei Minuten später steht eine Schwester an meinem Bett, was denn los wäre. In ausgesucht höflichen Worten bemängele ich den nicht existenten Informationsfluß. Es habe ja wohl eine Panne gegeben. Ich sei es aber gewohnt, dass in diesem Fall der Rollstuhlfahrer als erstes zurückgestellt wird.

Sie meint, sie müsse mal telefonieren und wäre gleich wieder da.

Eigentlich hätte ich schon längst meine Schmerz-medikamente nehmen müssen, aber das wurde mir explizit verboten. Langsam habe ich das Gefühl, auf Messern zu liegen.

Schon geht die Tür wieder auf, eine andere Schwester möchte wissen, seit wann ich denn schon wieder auf Station sei.

"Ich war noch gar nicht weg"

Mein Ton lässt die Zimmertemperatur auf den Nullpunkt sinken. Die Schwester verschwindet blitzartig wieder. Prima, dass zu meiner Gesangsausbildung auch ein guter Sprachunterricht gehörte. Kann man immer wieder brauchen.

Schon ist die erste Schwester wieder da. Man habe heute ein neues Gerät bekommen und da wurde alle eingewiesen. Spitzenplanung! So ein teures Diagnosegerät wird auch ganz überraschend vom Lieferanten hingestellt.

Ich erkläre ihr, dass ich seit über einem Jahr unterwegs bin, nur zwei Mal im Monat übers Wochenende nach Hause darf und mir deshalb jede Sekunde, die ich mit meiner Familie verbringen darf, kostbar ist.
Sie schaut etwas betroffen.

OK, ich hab noch Munition.

Ich bin im vergangenen Jahr zwei Mal dem Kollegen mit der Sense von der Schippe gehüpft. Deshalb ist jeder Augenblick, den ich sinnlos herumliege, für mich Lebenszeitvernichtung. Die Zeit ist weg, die kriege ich nie mehr wieder.

Ich kämpfe mit den Tränen.

Langt immer noch nicht. Aga, aga, ein' hab ich noch.

"Wissen sie, wenn mich so ein Großkonzern mal wieder wie eine Nummer behandelt, ich hab ne Super Rechtsschutzversicherung. Denen macht es einen Heidenspaß, so nen Laden zu ärgern. Bringt zwar nicht viel, aber die richtigen Leute, die kann man so richtig ärgern, bis sie es merken."

20 Minuten später bin ich im OP.

Na also, geht doch.

Dabei hab ich noch nicht mal gelogen, nur den Ton ein bisschen intensiviert.

Eine Dame in Grün erklärt mir, dass man mir zuerst die Magen und dann die Darmspiegelung machen wird, direkt hintereinander. Dazu würde ich eine leichte Beruhigungsspritze bekommen. Ich versuche zu witzeln, ein Schlauch vorne oben, einer hinten unten, das ginge doch auch gleichzeitig. Scheint wohl nicht ihre Art von Humor zu sein. Sie schnallt mir ein Plastikteil zwischen die Zähne, da kommt bestimmt gleich der

Schlauch durch. Ich will ihr noch etwas sagen, während sie eine Spritze ansetzt.

Licht aus.

Ich liege wieder im Krankenzimmer. Mein Bett dreht sich fröhlich im Kreis. Wie habe ich das Karussell fahren doch (eigentlich gar nicht) vermisst. Diesmal will keiner wissen, wie ich heiße und was für ein Tag ist.

Ich schnappe mir mein Handy und lasse eine SMS los, damit meine Frau Bescheid weiß. SMS direkt nach einer Narkose schicken, da muss der Empfänger schon ziemlich auf Draht sein. Sie zeigt mir später den Buchstabensalat. Ich weiß schon, was ich an ihr habe!

Bis die Pflege mitbekommt, was los ist, sitze ich im Rollstuhl vor dem Stationszimmer. Könnte ich bitte noch den Brief an meinen behandelnden Arzt haben? Dass ich einen Brief bekomme, der für einen anderen Patienten bestimmt ist, habe ich schon fast erwartet. Was kann denn auch die Schwester dafür, dass zwei Patienten mit dem selben Nachnamen hier liegen? Zum Glück merkt' s meine Frau.

Den Zugang wäre ich auch gerne los...

Das Pflaster, mit dem der Zugang fixiert war hat mir, wie ich es gedacht habe, die Haut abgescheuert, so groß, wie ein 10-Cent-Stück. Eine offene Stelle, der Traum jedes Querschnitts-patienten.

"Ach, das mache ich tausend Mal am Tag!" Depp!

"Querschnitt, kein Problem, haben wir Erfahrung mit! " Ich lach mich tot!

Sch.. egal, nix wie weg hier!

Samstag

*I*ch bin schon eine Weile wach, als mein Wecker losgeht. Morgens hören sich die Vögel einfach am Besten an. Bis die Pflege kommt, will ich kathedert haben. Nch dem Frühstück ist dann erstmal ein bisschen Büro angesagt. Von dem, was so im Lauf der Woche hereinkam, hat meine Frau schon das meiste erledigt. Ein paar Sachen müssen wir gemeinsam besprechen. Das hat aber Zeit, bis sie wieder da ist. Ich sag's ja immer, Hauptsache, mir geht's gut und meine Frau hat ne gute Arbeit. Eigentlich hatte sie damals den Job nur angenommen, damit sie mal raus kommt und ein bisschen eigenes Geld hat. Jetzt sind wir froh drum. Das Krankengeld ist nämlich nicht so prickelnd.

Eigentlich wollte ich mich mittags raus liften lassen, und ein bisschen ins Dorf rollen, mal sehen, was die Festvorbereitungen so machen. Aber bei 30° und wolkenlosem Himmel sitze ich doch lieber im Schatten.

Loriot fällt mir ein: „*Ich möchte einfach nur hier sitzen...*"

Langsam wird es kühler, jetzt aber los!

Wie üblich ist mal wieder alles zu geparkt, aber auf der Straße rollt sich' s eh besser.

Mensch, grüß Dich, lange nicht mehr gesehen! Unser alter Sessiondrummer. Die Stimme erkennt er, sucht erst einmal in Augenhöhe, da wo mein Gesicht früher war. Dann fällt sein Blick nach unten. Manchmal macht es richtig Spaß, zu sehen, was sich so auf den Gesichtern abspielt, bei ihm tut's mir leid.
Er ist so ein lieber Mensch, den Schreck hat er nicht verdient. Ich drehe total auf, nehme mich dabei komplett zurück und stelle ihn vorn an. Puuh, er fängt sich wieder, zeigt jetzt die Freude, mich zu sehen. Er kommt gerade aus dem Posthof, da spielt ein anderer Musikerkollege mit seiner neuen Band. Aber nix wie hin!

Die Band macht gerade Pause. Diesmal passe ich auf, falle lärmend in den Hof ein, rolle auf meinen alten Kumpel zu, lasse ihm die Zeit, den Anblick zu verarbeiten.

"Mensch, rasier dich mal, du siehst ja aus, als hättest du dein Gesicht nicht gewaschen."

Der Schlagzeuger von unserer letzten Band taucht auf, er gibt heute den Tonmann. Diesmal sehe ich keine entsetzten Mienen, man freut sich, mich zu sehen. Ein paar Minuten haben wir Zeit, dann geht der Soundcheck weiter.

Das passt, langsam kriegen wir Hunger, können ja später wiederkommen.

Es ist ein tolles Gefühl, sich einfach ganz normal mit der Menge treiben zu lassen, mal an einem Stand zu halten. Mein Rollstuhl, der in meinem Verstand unübersehbare Ausmaße hat, wird ein bisschen kleiner, nimmt fast die Rolle ein, die er haben soll. Der Mensch im Rollstuhl tritt immer mehr in den Vordergrund. Der Rollstuhl ist schließlich ein Hilfsmittel, kein Prädikat.

Immer selbstverständlicher bewege ich mich durch die Menge, nehme Fußgänger als das wahr, was sie sind. Fußgänger eben.

Da, ein anderer Rollstuhlfahrer. Ich grüße lässig, so wie sich Motorradfahrer grüßen. Die gleiche Handbewegung kommt zurück.

Später sitzen wir im Festzelt, trinken unseren Wein und hören der Band zu. Sauber gecoverte Titel, easy listening, ohne Schörkel. Am liebsten würde ich mitmachen.

Auf dem Heimweg muss ich mich ein Stück weit schieben lassen.

Kondition hätte ich schon noch gehabt, aber irgendwas stimmt mit der Lenkung nicht. Oder ob's am Weißherbst liegt?

*D*as ist ein Sonntag!

Frühstücken, ein weiches Ei, E-Mails raus holen.

Dann raus auf die Terrasse, Sonne tanken.

Mittagessen mit der ganzen Familie.

Und nach dem Mittagessen nicht wieder in die Klinik zurück - Sensationell!

Zum Abendessen ein Gläschen Merlot.

Ausruhen, mit der Familie zusammen sein, vielleicht ein bisschen spazieren, mehr braucht es nicht.

Morgen gibt's wieder Action!

*G*roßkampftag!

Heute besuche ich meinen Arbeitgeber, ziemlich genau ein Jahr nach meinem Unfall. Die wollten sich damals vergrößern, es war einfach nicht mehr genug Platz in den alten Büros. Als klar wurde, dass es bei mir mit dem Laufen wahrscheinlich Essig ist, haben nicht sie lange gefackelt.

Ein anderer Laden hätte vielleicht gesagt: "Rollstuhl? Dumm gelaufen!" Und hätte mich zu Hartz & Co. versetzt. Meine Chefs sind einfach in ein Gebäude umgezogen, dass schon für Barrierefreiheit vorbereitet war.
"Was soll denn das? Wir wollten doch eh umziehen!"

Ich lass das Statement einfach mal so zum Auf-der-Zunge-zergehen-lassen stehen.

Inzwischen wurde eine Behindertentoilette eingebaut, die vorhandene Rampe hat ein Geländer bekommen, die Köpfe im Aufzug sind auf Rollstuhlhöhe. Ich bin schwer beeindruckt.

Einer meiner Chefs ist in Urlaub, der andere läßt es sich nicht nehmen, mir alles zu zeigen. Ich schlage vor, noch ein wenig zu warten, ich habe mir nämlich Unterstützung erbeten. Aus der Ergo will noch jemand kommen, wer weiß, vielleicht halte ich was für ganz toll, und das geht so gar nicht. Ja, und die Sozialarbeiterin möchte auch noch mal mit der Geschäftsleitung reden, den Zeitplan durchsprechen, wann ich in die nächste Phase gehe.

Bis die offizielle Gesandschaft da ist, kann ich ein bisschen durchs Haus rollen, die Kollegen überraschen, mit den neuen Mitarbeiterinnen flirten und auch noch ein paar Worte mit dem Chef wechseln. Er ist sichtlich stolz auf den neuen Bau. Kann er auch, was ich bisher gesehen habe, gefällt mir.

Mittags treffe ich mich mit meinem Sohn zum "Dönern". Der Dönerladen in der Nähe ist gar nicht schlecht. Mal sehen, wie ich da mit dem Rollstuhl hinkomme. Schließlich muss ich über eine vier-spurige Straße mit Straßenbahngeleisen in der Mitte.

Die Straße ist kein Problem. Hoffentlich kriege ich keinen Ärger, ich mein' - immerhin benutze ich mit dem Rollstuhl die Fußgängerampel...

Vor dem Dönerladen sind 3 Stufen. Mist, daran hatte ich nicht mehr gedacht. Mein Sohn grinst sich eins. "Was willste, ich geh' rein, halt Du mal den Tisch frei."

Genau meine Worte, wenn wir früher ab und an Hamburger essen waren. Da bin ich an die Theke und er musste immer den Tisch frei halten. Sogar den Tonfall hat er richtig hin gekriegt.
Nase, Du.

Noch etwas hatte ich vergessen, die machen immer viel Knoblauchsoße dran. Der Geruch ist weniger wild, aber Döner aus der Hand, mit viel Soße, im Rollstuhl...

Zum Glück habe ich noch ein Hemd im Auto. Weiße Soße auf blauem Poloshirt macht interessante Muster.

Ja, voller Bauch rollt nicht gerne, der Satz hat was, aber egal, ich habe wieder eine Alltagsprüfung bestanden und das war den Preis wert.

Vor dem Aufzug treffe ich auf meine Multifunktionstherapeutin. Die Leiterin der Ergo selbst hat sich bereit erklärt, mich zu unterstützen. Heute sieht sie mal ganz und gar nicht harmlos aus. Mit einer geschäftsmäßigen Bluse und der neuen Kurzhaarfrisur - aber hallo, da musste ich glatt zweimal hin sehen.

Der Aufzug kommt, der Chef steht schon drin. Das ist Effizienz. Da können wir gleich mit dem Rundgang starten. Bis auf ein paar Kleinigkeiten ist das alles gut durchdacht, ich komme wirklich überall hin. Sogar für meine Liege hat man eine Ecke gefunden.

Auf einmal steht der Techniker vom Sanitätshaus im Gang und grinst verschmitzt. Ach ja, zum Autoumbauer wollten wir ja auch noch. Irgendwie kennen die sich alle, Autoumbauer, Sanitätshaus, Fahrschule, Rollstuhlbauer. Keine Ahnung, wer da noch alles mitmischt. Aber das hat auch seine Vorteile. Gerade Querschnittpatienten brauchen sehr individuelle Hilfe. Das geht nur mit guter Kommunikation.

Nach einem kurzen Stop bei einem Teller-Suppe-Geschäft sind wir auf dem Weg zum Autoumbauer.

Isch 'abe garrr keine Auto. Jetzt brauch ich aber eins und da dachte ich mir, ich schaue erstmal, was mir am besten hilft und sehe dann zu, dass ich das passende Auto dazu finde.

Irgendwie erscheint mir dieser Weg logischer

Beim Autobauer treffen wir dann noch einen Bekannten von einem Bildungsträger im Bereich Verkehr. Er hat beim Autoumbauer auch was abzuklären und dabei seinen Termin so gelegt, dass er mich auch noch unterstützen kann.

Und so rolle ich dann an: Vorneweg ich im Rollstuhl, dahinter meine 'Hilfstruppen'.

Jeder meiner Begleiter stellt sich mit Namen, Firma und Position vor. Der arme Autoumbauer nimmt richtig Haltung an. Bei diesen hochkarätigen Begleitern, wie wichtig muss dann wohl der Typ im Rollstuhl sein.
VIP - mal mindestens.

Mal abgesehen, das es ein Wahnsinnsgefühl ist, mit so einem 'Hofstaat' anzurollen, ohne die Fachkenntnis meiner Begleiter hätte ich ziemlich alt ausgesehen. Wer weiß, was da herausgekommen wäre. Im Nachhinein betrachtet war es absolut richtig, diesen Aufwand zu treiben. Auf die Art und Weise konnte alles in einer Besprechung gleich richtig geklärt werden. Und dann geht's zur Sache. Jede Menge Papier wird beschrieben und bemalt. Zahlen fliegen durch den Raum. Alle schauen ganz wichtig.

Unter sich sprechen Fachleute ihre eigene Sprache. Ich komme mir vor, wie meine Frau, wenn ich mit meinen Kollegen irgendwelche Computerprobleme ausdiskutiere.

Ich verstehe nur Bahnhof. Also setze ich mein allerwichtigstes Gesicht auf und versuche so intelligent wie möglich aus der Wäsche zu gucken. Ab und zu werfe ich ein 'Aha' oder ein 'soso' in die Expertenrunde.

Zum Schluss kommen wir auf zwei Ergebnisse. Ich hatte an einen Kombi gedacht, mit einer Vorrichtung, die meinen Rollstuhl hinten in den Kofferraum lädt, nachdem ich im Fahrersitz angekommen bin. Das geht zwar, aber dann kann ich noch zwei Leute mitnehmen und habe keinen Kofferraum mehr. Und bei meinem Transfertempo darf es nicht regnen.

Die Expertenrunde hat sich alternativ auf einen Bus ge-einigt. Ich werde von einem Lift ins Auto gehoben, kann im Trockenen umsetzen, habe noch Platz für nen Kasten Bier und ne Pizza.

Mensch, so ein Ding sieht aber doch so behindert aus! Und der Preis, wie soll ich denn das bezahlen?

Der erste Punkt lässt sich schwer wegdiskutieren. Allerdings, wenn man getönte Scheiben einbaut, dann hätte ich immer einen Platz zum Kathedern, egal, wo ich bin. Mit dem richtigen Sitz kann ich mich sogar jederzeit zum Entlasten ablegen. OK, dafür fahre ich auch nen 'Behindertenbus'.

Und den Preis, den kann man noch anpassen.

Lange nach Geschäftsschluss sind wir mit unserer Beratung fertig und machen uns auf den Heimweg.

Ich werde noch mal ne Nacht drüber schlafen, und mich dann für den Kombi entscheiden.

Oder doch lieber für den Bus?

Beim Einschlafen wird mir klar, was ich doch für ein Glück habe, von so großartigen Menschen umgeben zu sein. Ich muss nur aufpassen, dass ich das nicht irgendwann einmal als selbstverständlich nehme.

Das ist es nämlich ganz und gar nicht.

Mobilität, die Freiheit, ohne fremde Hilfe dorthin zu 'gehen', wohin man will, für Fußgänger ist das selbstverständlich. Für Rollstuhlfahrer ist das ein Stück erstrebenswerte Lebensqualität. Es ist schön, wenn mich meine Familie fährt, wohin ich möchte. Mit dem Treppensteiggerät komme ich auch die Stufen vor dem Haus rauf und runter - aber alles nicht ohne Hilfe.

Einfach mal eine Runde um den Block drehen, ohne jemand um Hilfe bitten zu müssen, das wäre einfach das Größte. An der Lösung, wie ich aus dem Haus komme, arbeiten wir noch. Für größere Entfernungen brauche ich einen fahrbaren Untersatz. Einen der mich weiter bringt, als der Rollstuhl. Den sehe ich eigentlich nicht als Fahrgelegenheit an. Mein Rollstuhl, das sind meine neuen Beine. Ein Auto das wäre schön!

Aber davor hat der Gesetzgeber die StVO gesetzt. Wie so viele, wußte ich auch nicht, dass jede Beeinträchtigung oder Behinderung im Führerschein eingetragen sein muss, sonst verliert der seine Gültigkeit.

Also, bevor ich an ein Auto denken kann, muss erst einmal ein gültiger Führerschein her.

Wie's Fritzchen sich das so vorstellt. Bevor ich an einen Führerschein denken kann, benötige ich ein ärztliches Gutachten. Na gut, dann gehe ich eben zu meinem Hausarzt.

Denkste, das muss ein Verkehrsarzt sein! Wenn ich als gebürtiger Deutscher schon einen Pfadfinder brauche, um mich in diesem Dschungel zurechtzufinden, was tut jemand, der kein deutscher Muttersprachler ist?

Die Frage ist jetzt eigentlich irrelevant, aber schon ganz prickelnd.

Aber zurück zu meinem Führerschein. Zum Glück hat der Chef der Rehaklinik die nötige Zulassung. Ich hole mir also einen Termin und wir führen ein nettes Gespräch. Der Chef ist noch einer vom alten Schlag, der alle seine Schäfchen kennen möchte. Mich kennt er gut und so kann ich das Thema Gutachten als erledigt ansehen.

Inzwischen habe ich mich schlau gemacht. Mein Führerschein ist zwar nach wie vor gültig, aber die Beeinträchtigungen müssen eingetragen sein. Wenn ich ohne die Einträge Auto fahre, dann mache ich mich strafbar.

Damit ich fahren kann, muss ich Gas und Bremse mit der Hand bedienen können. Beim Fahren muss ich immer die Hand am Lenkrad haben. Jetzt muss ich mir nur noch eine dritte Hand wachsen lassen, damit ich Blinker, Scheibenwischer, Licht und so weiter bedienen kann. Na ja, das Licht kann ich ja einschalten, bevor ich los fahre, aber wie mach ich das mit dem Blinker? Eine dritte Hand kann ich mir ja schlecht auf die Schnelle wachsen lassen.

Aber da haben sich andere schon Gedanken gemacht. Die entsprechenden Schalter werden entweder am Brems-Gas-Hebel oder am Lenkradknauf angebracht. Der Lenkradknauf ist genau das, was der Name sagt, ein Knauf, der am Lenkrad angebracht ist. Damit kann ich das Lenkrad mit einer Hand bedienen.

Über den Pedalen wird dann später ein Blech angebracht, damit ich nicht mit dem Fuß z. B. unters Bremspedal rutsche. Prima, dann muss ich nur noch ins Auto reinkommen.

Nur noch!

Also ist mal wieder die Ergotherapie gefragt. Die werden mir das schon beibringen. Während ich lerne, wie ich auf der Fahrerseite rein und raus komme, den Rollstuhl zusammenfalte und das Ganze übe und übe, höre ich mich nach einem passenden Auto um. Bei einem Gespräch mit einer Fachwerkstatt, die solche Autoumbauten macht, lerne ich wieder Neues. Aber das habe ich ja schon erzählt, jetzt will ich endlich wieder dürfen.

Zur Klinik gehört auch eine Fahrschule, da frage ich einfach mal. Der Fahrlehrer ist erstaunlich locker drauf. Ich frage, was es denn so alles gibt. Ja, zeigen wäre besser, meint er. Schwupps, sitze ich hinter dem Steuer eines Mittelklassekombis und darf probieren. Fühlt sich alles ganz gut an.
"Komm, wir fahren mal ne Runde!"
"Hallo, ich wollte doch bloß mal fragen, was es da so gibt"
Aber der Motor läuft schon.
"Blinker, Wahlhebel auf R stellen."
Wie, Was? Zu spät, wir rollen schon. Fühlt sich eigentlich gar nicht so schlecht an. Fühlt sich eigentlich überhaupt nicht schlecht an.

HEH, ICH FAHRE!!!

Viel zu schnell ist die Proberunde vorbei. Jetzt aber ganz schnell die Unterlagen für den Kostenträger zusammengestellt. Der Fahrlehrer und die Sozialarbeiterin machen das inzwischen schon auf Zuruf.

Meine Frau ruft an, die Zusage vom Kostenträger ist da. Na toll, und ich hab nen Untersuchungstermin in einer anderen Klinik vereinbart.

Als ich in der Verwaltung nachfragen möchte, ob sich jemand gefunden hat, der mich in die andere Klinik fährt, falle ich fast über unseren Fahrlehrer, der auch gerade da ist. "Fahr doch einfach selber." Haha, ich hab schon besser gelacht.
"Nee, ganz im Ernst, ich setz mich neben dich, wir machen das Fahrschulschild drauf, Du musst ja sowieso üben"
In der anderen Klinik rutscht ein stolzer Chauffeur in seinen Rollstuhl, ich platze fast vor Stolz. Die Untersuchungen gehen vorüber, wie im Traum. Ich kann kaum den Rücktransport erwarten, da darf ich nämlich wieder selbst fahren.

Ein paar Tage später 'chauffiere' ich den Fahrlehrer in die große Kreisstadt, zum TÜV. Inzwischen klappt die Handbedienung schon ganz gut. Ein netter Mensch steigt hinten ein, nachdem er das Fahrschulschild abgemacht hat. Ich bleibe hinterm Steuer sitzen, darf weiter fahren. Prima, mir macht's nämlich richtig Spaß. Der Typ der da eingestiegen ist, versteht Rollstuhlhumor und schnell sind wir in eine herrliche Flachserei vertieft. Ab und zu kommt mal ein 'die nächste rechts' oder 'da vorne bitte links einordnen'.

Als der nette Mensch sich höflich verabschiedet, grinst mich der Fahrlehrer an. "So, das war jetzt die Prüfungsfahrt, bis Montag haben wir das Gutachten."

Klar, er hatte so etwas erwähnt, vorhin. Ich dachte, der macht sich einen Spaß mit mir.

Nächste Woche kriege ich den Kostenvoranschlag für's Auto. Den für den Umbau habe ich schon.

Vorhin habe ich die Sachbearbeiterin von meinem Kostenträger getroffen. Die stehen Gewehr bei Fuß.

Mit meinem Führerschein, dem Antrag, den ich schon unterschrieben habe, meinem Personalausweis, dem medizinischen Gutachten, dem Gutachten vom TÜV, dem Gutachten von der Fahrschule und meinem Passfoto werde ich meine Frau bitten, bei der Führerscheinstelle vorbei zu gehen. Nee, nicht vorbei, sie soll besser reingehen...

Bald bin ich mobil!!!

Ist das geil?

Oder ist das geil!

Unsere Jugend liegt noch im Koma. Na ja, in dem Alter war vor dem Mittagsläuten mit mir auch nicht allzu viel anzufangen. So kommen wir an einem Samstagmorgen nicht so ganz unverhofft zu einem Frühstück zu zweit.

Langsam wird es Zeit, einen neuen Schritt in Richtung Normalität zu wagen. In unserem neuen Heimatortort gibt es einen neuen Großmarkt. Der liegt am anderen Ortsende. Es ist Samstag vormittag, die Sonne scheint, ein paar Wolken sorgen dafür, dass es nicht zu heiß wird. Das sind doch ideale Voraussetzungen für einen kleinen Einkaufsbummel im Alleingang.

Mit einem leisen Lächeln rolle ich aus der Hofeinfahrt. Ich bin gespannt, was dieser Vormittag wieder für neue Erkenntnisse bringt. Den Weg zu dem neuen Supermarkt muss ich selbst finden. Mit dem Auto wüsste ich, wie ich hinkomme. Aber wie hat ein Freund immer gesagt, einfach kann jeder.

Den Bahnübergang packe ich diesmal, ohne dass es mich fast aus dem Stuhl haut. Was war anders? Diesmal habe ich die Gleise in einem steileren Winkel genommen.

Merken!

Danach geht eine kleine Gasse rechts rein. Für eine Grundstückseinfahrt ist sie zu groß. Ein Straßenschild kann ich nicht sehen. Ich muss mich ungefähr in Richtung der Sonne halten und genau in diese Richtung geht das Gäßchen. Schauen wir mal, wo das hier hinführt.

Ganz undramatisch hört das Gässchen in einem Wendehammer auf. Na toll! Wie ich umdrehen möchte, sehe ich einen schmalen Durchgang. Erst denke ich, dass es ein Grundstückszugang ist, aber da ist ein rot-weißer Pfosten.

Normalerweise ist das eine Sperre damit da nur Fußgänger durch können. Aber Privatleute stellen sich so was nicht hin. Der Gehweg ist nicht besonders hoch, rückwärts komme ich da rauf, durch passen tu ich auch, also weiter geht's.

Ich komme in einer ziemlich neuen Siedlung heraus. Schön ist, dass man abgesenkte Seitenparkplätze eingerichtet hat, da komme ich an den Stirnseiten prima vom Gehweg auf die Straße und auf der anderen Seite wieder hoch.

Kaum habe ich's gedacht, da komme ich an eine Stichstraße ohne Gehweg. Die Richtung stimmt, also fahre ich auf der Straße weiter. Am Ende ist wieder ein Durchgang, der zu einer weiteren Straße führt.

Die Straße bin ich schon mal gefahren! Da vorne in dem Prachtbau wohnt ein früherer Vermieter. Wenn er da noch wohnt, ich habe gehört, er hätte in letzter Zeit ein wenig Pech gehabt. Hoffentlich richtig Pech, so wie er uns - aber das gehört hier nicht hin, das war in einem früheren Leben.

In der übernächsten Seitenstraße wohnen die Eltern von einem Bassisten, der auch ne spitzen Soloklampfe drauf hat. Oder Gitarrist, der auch Bass spielt? Das lange Elend hab ich auch schon ewig nicht mehr gesehen. Da haben wir schon etliche Biere getötet. Ich weiß wieder, wo ich bin. Dort vorne geht's auf die Hauptsraße raus und da müsste dann auch gleich der neue Markt sein.

Bingo! Und direkt davor ist eine Verkehrsinsel, damit so ein armer Rollstuhlfahrer wie ich nicht mit Vollgas über die ganze Straße rüber muss. Eigentlich ist es ja ein Fahradüberweg, aber ich hab ja schließlich auch Räder.

Rollstuhleinkaufswagen gibts keine. Dann muss ich eben auf die Beine stapeln. Kauf ich auch nicht soviel.

Mmmh, Cranberrysaft in der Glasflasche - in den Rucksack. Da kommt noch eine Flasche Dornfelder Rosé dazu. Letztens hat jemand eine Flasche Dornfelder Weißherbst mitgebracht. Dornfelder trinke ich gern, Weißherbst auch, beides zusammen kannte ich noch nicht. Ist aber lecker, ein bisschen süß für meinen Geschmack, aber durchaus trinkbar. Werden wir gleich heute Abend antesten, wie der Rosé ist. Weißherbst, Rosé, Obs da einen Unterschied gibt? Vielleicht an der Art, wie der gekeltert wird. Oder sind das einfach verschiedene Schreibweisen? Muss ich mal nachschauen.

Ah, Peperoni mit Frischkäse gefüllt - auch nicht schlecht...

"Du Mama, warum hat den der Mann da so einen komischen Wagen. Ist das 'n Kinderwagen?" Der Stimme nach kann die Kleine höchstens 4-5 sein. "Siehst Du, das passiert, wenn man seinen Teller nicht leer ißt."

Wie bitte? Ich glaube, ich höre nicht richtig. Das gibt's doch auf keinem Schiff!

Da kommt sie auch schon um die Ecke walkürt. Aber hallo, ich glaube mit diesem Stück Mensch wäre selbst Rubens überfordert gewesen. Das sind mal locker 300 Pfund Lebendgewicht - auf knapp 170 cm verteilt. Im Schlepptau ein Mädchen im Vorschulalter, zu einer beginnenden Fettleibigkeit neigend. Mit einer 3-wöchigen Kur ist die Kleine bestimmt noch zu retten.

Na warte, Dich kriege ich! Dem armen Kind so einen Mist zu erzählen - von wegen Teller nicht leer essen. Die spinnt wohl!

An der Kasse kommt meine Chance. Mutter drängelt sich vor mich, benutzt routiniert ihren voll gefüllten Einkaufswagen, um mich aus dem Weg zu drängen. Ihre Tochter steht jetzt direkt vor mir. Während die Mutter missmutig ihre Einkäufe aufs Band stapelt, versucht die Tochter, so zu tun, als würde sie nicht neugierig zu mir sehen. Irgendwie tut mir die Kleine leid. Unter den feisten Wangen scheint sogar ein ziemlich hübsches Gesicht zu stecken. Irgendwann begegnen sich unsere Blicke. "Du sag mal, hast Du wirklich Deinen Teller nicht leer gegessen?" Kinder sind eben wissbegierig. Die Steilvorlage muss ich annehmen! "Mmh, nicht so ganz. Eigentlich musste ich immer meinen Teller leer essen. Meine Mutter hat ihn auch immer so richtig voll gemacht. Dann hat sie gesagt, ich muss groß und stark werden. Ja und irgendwann, da war ich so schwer, da konnten meine Beine das Gewicht von meinem Körper nicht mehr halten."

Ich bin schon gemein.

Die Kleine neigt vielleicht zum Übergewicht, aber sie macht einen ganz pfiffigen Eindruck.

Die Kassiererin verlangt 24 Euronen von mir. Für 2 halbe Pfund Butter, die ich mitbringen sollte und ein bisschen Knabberzeugs ganz schön heftig. OK, da war schon noch ein bisschen mehr dabei. Ist schon beeindruckend, was man mit der richtigen Stapeltechnik so alles auf seine Knie packen kann. Mal sehen, wie ich das jetzt alles nach Hause kriege.

Die beiden Flaschen kommen in den Rucksack, der Rest kommt in eine Plastiktüte, die ich mit dem Beingurt auf meinen Knien sichere.

Beim heraus rollen höre ich eine Kinderstimme, die mir ziemlich bekannt vorkommt aus Richtung Behindertenparkplatz. Woher auch sonst.

"Und der Mann musste auch immer seinen Teller leer essen." Genau der Diskant, der bei Eltern die Nackenhaare steigen läßt.

"Und seine Mama hat ihm auch denn Teller immer so voll gemacht" - Schade, dass ich mich jetzt nicht umdrehen kann.

"Und wenn er satt war, dann hat seine Mama gesagt, dass er den Teller trotzdem leer essen muss. Und dann hat er auch immer geweint"

Heh, die Kleine ist ja richtig kreativ.

Ich höre noch etwas von 'andere Kinder' und 'ausgelacht', dann bin ich zu weit weg.

Und los geht's, wieder Richtung Heimat.

Direkt nach dem Fahrradüberweg liegt die Plastiktüte auf meinem Fußbrett und der Inhalt ist malerisch über den Fahrradweg verteilt. Zum Glück kommt eine junge Mutter mit ihrer Tochter daher geradelt. Die dürfte so ziemlich das Alter von der Kleinen eben haben.

"Oh," und schon ist die Mutter abgestiegen, "Darf ich Ihnen helfen?"

Aber gerne.

Ganz unbefangen sammelt die Tochter meine Sachen ein, drückt sie der Mutter in die Hand. Diese verstaut so viel wie möglich in meinem Rucksack. In die Einkaufstüte kommt der ganze Kleinkram. Ich ziehe die Schlaufen der Tüte durch meinen Beingurt und stelle sie auf meinem Fußbrett ab.

"Vielen Dank" "Aber selbstverständlich" und schon sind die beiden wieder verschwunden. Die hatten entweder schon Erfahrung mit Rollstuhlfahrern, oder sie waren einfach so nett und hilfsbereit.

Oder beides, jedenfalls ist mein Glaube an die Menschheit wieder hergestellt.

Ups - mein Rucksack ist so schwer, dass meine Vorderräder bei jedem Schub hochgehen. Aber meine liebste Rollstuhlsachverständige hat sich so was schon gedacht. Sie kennt mich schließlich lange genug und hat mir den Kippschutz dran gemacht. Ich rutsche im Sitz ein wenig nach vorne und sehe zu, dass ich den Heimweg wiederfinde.

Mit der veränderten Straßenlage ist das Hochfahren auf die Bürgersteige gar nicht mehr so einfach. Einmal muss ich sogar einen Umweg fahren, bis ich zu einer Stelle komme, wo der Gehweg etwas abgesenkt ist. Eine Zeit lang bleibe ich einfach auf der Straße. Diese kleinen Gässchen, die Stichstraßen und die Durchgänge bilden ein nettes Labyrinth. Gemein sind die Ringstraßen. Wenn man da nicht aufpasst, hat man schnell mal ne zweite Runde gedreht. Kann natürlich auch sein, dass die Architekten beim Bau der Siedlung kräftig bei sich selbst abgeschrieben haben.

Zieht das in den Armen! Ich glaube, ich habe mich ein ganz klein wenig verfahren. Da ist ein Durchgang mit einem rot-weißen Pfosten. Ha! Ich bin wieder im Rennen. Da bin ich auf dem Herweg auch vorbei gekommen. Jetzt kenne ich mich wieder aus.

Die letzte Hürde kommt dort, wo ich sie überhaupt nicht vermute. Ich stehe vor unserer Haustür. Die Klingel ist drei Stufen von mir entfernt. Ich fahre ums Haus herum. Das Küchenfenster steht offen.

HAAAALOOOO!

Komme schon!

Ich bin zu Hause.

Ich muss mir angewöhnen, das Haus nie ohne Handy zu verlassen. Diesmal hatte ich es dabei, habs aber nicht gebraucht. Eigentlich brauche ich es meistens nur, wenn ich es nicht dabei habe.
Das ist wie mit dem Regenschirm.

So, jetzt habe ich nachgesehen: Wenn ich eine rote Traube wie eine weiße keltere, dann erhalte ich einen Rosé, weil dann nicht so viel roter Farbstoff aus der Schale in den Wein kommt. Ist der Rosé nur von einer Rebsorte und mindestens Qualitätsstufe QBA, dann darf er sich Weißherbst nennen.

34
Im Wald

*E*igentlich wollte ich bloß ein paar Sachen einkaufen und mein Leergut wegbringen...

... aber langsam sollte ich es doch gewohnt sein, dass es manchmal einfach anders läuft.

Wie ich so mit meiner leeren Saftflasche und meinem Einkaufszettel vor die Tür komme, treffe ich einen 'Kollegen' mit seinem Handbike. Er erzählt mir von einem Aussichtspunkt, wo König Schießmichtot der wasweissichwievielte einen Mammutbaum für seine 17. Frau pflanzen lies.

Der Baum hat inzwischen einen Umfang von 5 Metern und man hat von da aus einen tollen Blick ins Tal.

Der Supermarkt hat auf bis um 20 Uhr, meine Akkus sind voll, was spricht gegen einen kleinen Umweg.

Im Wetterbericht haben sie was von einem Gewitter gesagt, aber der Himmel ist blau, bis auf ein paar Wolken, also los.

Und schon quält sich mein treues Roß eine steile Straße hinauf. Schneckentempo wäre geprahlt - Trotz vollgeladener Akkus.

Jetzt weiß ich, warum hier so viele einen Allrad fahren. Mein Kollege hat's gut, sein Handbike hat einen Hilfsmotor, der ihn unterstützt, wenn's zu schwer wird. Die Logik von der Kiste ist ziemlich ausgefuchst. Allerdings muss er 'treten', also die Kurbel bewegen, damit die Kiste erkennt, dass er fahren will.

Der Motor mißt ständig die Kraft, mit der er die Pedale bewegt. Wird ein bestimmter Wert überschritten, dann schaltet er sich zu.

Grinsend saust er mit Radfahrergeschwindigkeit den Berg hoch. "Ich warte dann oben auf Dich", höre ich noch, dann entschwindet er um eine Kurve.

Meine kleine Zugmaschine krallt sich mit allen vier Rädern in den Asphalt und zieht mich langsam, aber stetig die Straße hoch.

Zwei Kurven weiter steht mein Kollege am Straßenrand. Er hat ein paar seltene Pflanzen entdeckt, die er mir zeigen will.

Nun muss ich zu meiner Schande gestehen, mit Pflanzen habe ich es jetzt nicht so. Wenn meine Nachbarn sich mal wieder über das Unkraut in meinem Garten mokierten, dann konnte ich ihnen zwar erklären, dass es in meinem Garten kein Unkraut gäbe, jede Pflanze wäre zu etwas gut. Mir fiel auch meistens etwas passendes ein.

Aber gegen einen echten "Kräuterhexerich" sehe ich natürlich furchtbar alt aus. Aber man ist ja lernfähig.

Ich habe es mir sogar bis zur übernächsten Kurve behalten...

Der Blick, als wir oben ankommen, ist jedes einzelne Watt aus unseren Akkus wert. Auch der Mammutbaum ist beeindruckend.

Ist jetzt aber nicht wirklich abendfüllend, wenn man nicht gerade ein verliebtes Pärchen ist.

"Hmmm", mein Kollege zieht eine Karte heraus, "Was meinst Du, der Weg hier, der geht durch den Wald zu einem Grillplatz. Vielleicht können wir ja ne Bratwurst abstauben".

Und schon sind wir unterwegs, diesmal auf einem Waldweg, der sich allmählich von einer Schotterpiste zu einer Art Trampelpfad wandelt.

Meine kleine Zugmaschine zieht mich tapfer durch Schlammpfützen, Gras, und Kies in allen Größen.

Ich bin in der Großstadt aufgewachsen, da ist jeder Grashalm, jeder Kiesel genau geplant. Hier, da wachsen die Bäume, die Sträucher so, wie sie wollen. Der Wald wirkt immer düsterer, bekommt langsam etwas verwunschenes. Das wiederentdeckte Kind in mir kann ein kleines Schaudern nicht unterdrücken.

Ein Gefühl, das ich früher hatte, wenn meine Mutter oder mein Vater von Hänsel und Gretel erzählten. Sie konnten So packend erzählen, dass ich jedesmal ihre Geschichten miterlebte. Ich lasse das Gefühl zu, genieße es. Der Erwachsene in mir bewundert derweil die Qualität, de die Rollstuhlbauer abgeliefert haben.

So ein Waldweg ist jetzt nicht gerade das, was ein Rollstuhlfahrer als ideales Terrain bezeichnen würde. Unter mir ächzen die Schweißnähte, aber sie halten.

Als wir an eine Lichtung kommen, sehen wir unter uns die Klinik liegen. Wir sind inzwischen ziemlich hoch. Die Wolken werden dunkler, aber noch ist die Sonne zu sehen.

"Schau mal, das ist eine Goldmelisse" und schon hat mein Kollege angehalten, zupft etwas ab, verstaut es in der Tasche.

Endlich sehe ich auch etwas Bekanntes. "Hmm - Walderdbeeren - lecker." Klar, ich hab mal wieder was zu essen gefunden. Ein Stück weiter wachsen Himbeeren. Vom Rollstuhl aus ist es nicht ganz einfach, da dranzukommen.

Oh, was ist das? Eine Zecke läuft gemütlich über den Handrücken meines Kollegen, sucht sich eine Stelle zum Reinbeißen. Patsch, die beißt keinen mehr. Die war aber auch zu vorwitzig. So was...

Die ganze Zeit über habe ich den Geruch von Steinpilzen und Pfifferlingen in der Nase. Von denen müsste es hier geradezu wimmeln.

Tja, das Thema Pilze kann ich momentan erstmal abhaken. Aber da ist das letzte Wort noch nicht gesprochen, da fällt mir bestimmt noch was ein.

Ziemlich steil geht es wieder abwärts in Richtung Grillplatz. Hat es gerade gedonnert, das war bestimmt ein Zug.

Am Grillplatz angekommen, packt uns die Wut. Ursprünglich war da wohl mal eine Schutzhütte. Vor der Hütte waren Feuerstellen mit Bänken herum.

Die Bänke waren ursprünglich aus halbierten Baumstämmen. Jetzt stehen sie mit einer Seite schwarz und spitz in der Feuerstelle. Wenn das nur eine Bank gewesen wäre, dann würde es ja noch gehen. Aber nein, alle Bänke stehen wie die Speichen zweier Räder um die Feuerstellen, eine Seite im Gras, die andere Seite spitz und schwarz in der Feuerstelle.

Die Schutzhütte besteht nur noch aus dem Dach. Die Wände sind verheizt worden.

Und überall liegen Scherben. Für einen Rollstuhlfahrer suboptimal, für den Wald brandgefährlich – und das meine ich wörtlich.

Ein paar trockene Tage, eine Scherbe im richtigen Winkel, etwas trockenes Reisig und ein bisschen Sonne - mehr braucht es nicht, um den schönsten Waldbrand zu entfachen. Ich kann mit meinem Rollstuhl um die Scherben herum fahren, der Wald kann das nicht.

Solche Gehirn amputierten Idioten regen mich richtig auf. Mein Kollege, der alte Waldläufer hat so etwas wohl schon öfter gesehen.

Seine grimmige Mienc spricht Bände, aber er hat sich besser im Griff. Mein Toben wird von einem Donnern übertont, das gar nicht mehr harmlos klingt. Ein Gewitter mit uns im Wald, unsere Rollstühle aus feinstem Metall.

Rennen wäre jetzt eine gute Idee, würde Jean Reno sagen - würd ich ja gerne...

Gute Akkus sind schon eine feine Sache. Das Gefälle, das wir eben noch herunterfuhren, entpuppt sich jetzt als gemeine Steigung. Aber da müssen wir hoch, oben ist eine Abzweigung, die aus dem Wald herausführt.

Jetzt bin ich mit meiner alten, schweren Zugmaschine im Vorteil. Die dicken Akkus liegen direkt über den Achsen, alle vier Räder krallen sich in den lockeren Untergrund. Ich packe zwar nur knapp Schritttempo, aber das beruhigend gleichmäßig.

Mein Kollege hat mit seiner eleganten Rennmaschine leichte Probleme. Jetzt beneide ich ihn überhaupt nicht mehr. Sein Vorderrad hat durch das leichte Gewicht kaum Traktion und dreht ständig durch. Aber er weiß sich zu helfen.

Der Rucksack, der hinten an seinem Rollstuhl hängt, wird vorne auf den Gepäckträger gespannt. Dann lehnt er sich mit dem ganzen Gewicht auf den Lenker, sprich die Pedale. Die Adern an seinen Armen treten hervor, die Anstrengung verzerrt sein Gesicht, dann greift auch sein Vorderrad.

Oben angekommen geht es gleich wieder bergab, diesmal ist es ein Gras bewachsener Pfad, den wohl alle paar Wochen der Förster benutzt.

Aber Hallo, der Weg hat's in sich. Da ist nichts trassiert oder geschottert, da sind die Fahrrinnen, dazwischen Gras und das Ganze so uneben, wie die Natur eben ist.

Das Donnern klingt langsam gar nicht mehr nett.

Unten kommen wir wirklich an einer geteerten Straße heraus, unweit der Klinik. Schon reißt die Wolkendecke auf, die Sonne grinst unschuldig vom blauen Himmel, als wäre nie etwas gewesen. Na toll!

Und das ganze gute Adrenalin haben wir vollkommen umsonst ausgeschüttet? Wenn meine Nebennieren könnten, dann wären sie jetzt bestimmt stinksauer!

Aber wo wir schon mal da sind, in 10 Minuten gibt es Abendessen, das schaffen wir noch.

Das Gewitter kam übrigens später am Abend. In dem engen Tal, da hat das einen ganz ordentlichen Sound.

35
Im Kino

*I*n der Klinik gibt es ein Kino. Nein, das stimmt nicht so ganz. Öfter mal schauen wir uns in einem großen Raum gemeinsam DVDs an - Mit Beamer, Leinwand, Soundsystem und Popcorn. Der Internatszivi gibt sich richtig Mühe, eine Kinoathmosphäre zu schaffen. Aber jetzt möchte ich einfach mal wieder ins richtige Kino - Schauen wir mal, wie das mit dem Rollstuhl funktioniert.

Das Kinoprogramm ist im Internet abrufbar, da wird sich bestimmt estwas finden, was uns allen gefällt.

Der Film, der wir sehen möchten, wird heute nicht gespielt. Warum, erfahre ich am Telefon nicht, aber dass das Kino, in dem er läuft, nicht barrierefrei ist.

Gut, dann eben das Kinocenter, da wird er auch gezeigt.

Also - alle Mann ins Huschdegudsl gequetscht, der Rollstuhl kommt zerlegt in den Kofferraum, und ab!

Dumm - Donnerstag ist Premierentag, entsprechend lang sind die Schlangen vor den Kassen. Endlich sind wir dran: "Guten Abend, bitte ein Rollstuhlfahrer mit Begleitperson, und noch 2 Karten für Kino 8".

Der Mensch hinter der Kasse schaut, als müsse er eine schlimme Nachricht überbringen, der muss vorher als Bestatter geschafft haben.

Na los, eintippen, Karten raus lassen, in 10 Minuten geht der Film los und ich will noch Popcorn...

"Tut mir leid, aber Kino 8 hat keinen Rollstuhlplatz und auch keinen Lift"

Haben die sich verabredet, oder wird der Film Rollstuhlfahrern nicht gezeigt? 2 Kinos angefragt, in beiden wird genau der Film in Kinos ohne Rollstuhlplatz gezeigt, das macht genau 100%.

Bin ich sauer! Das gibt's doch nicht, ist das jetzt schon Diskriminierung?

"Suchen Sie sich doch einfach etwas anderes aus, ich bediene derweil die Leute hinter Ihnen".

"Ja bitte?" Und schon hat er sein Berufslächeln wieder angeknipst und uns sofort komplett ausgeblendet.

Jetzt haben wir ein Problem. Der Film, den unsere Jugend sehen möchte, geht ziemlich lange und ich mag ihn überhaupt nicht. Meine Alternative sagt jetzt meiner liebsten Filmguckerin auch mehr zu.

"Ok, ihr geht da rein und wir da und hinterher treffen wir uns wieder hier unten"

"Ja, aber..."

Sätze, die mit Ja aber anfangen, gehen bei mir ohne Umweg übers Gehirn direkt in den Magen und lösen einen erhöhten Ausstoß von Magensäure aus. Das bewirkt, dass ich schlagartig meine gute Laune verliere und auf weitere Bemerkungen recht unentspannt reagiere.

"Was, aber?" Leise und mit einem deutlich als Pause erkennbaren Komma.

Meine liebste Vermittlerin schaltet sofort. Ihre Hand liegt beruhigend auf meiner Schulter, um die drohende Explosion aufzufangen.

"Dann dauert der Film eben ein paar Minuten länger. Die können wir warten." Dreht sich zum Kartenverkäufer um und ordert die Karten.

Der Lift im Kinocenter wird mit dem Euroschlüssel freigeschaltet, den hab ich noch nicht. Kein Problem - eine nette Mitarbeiterin des Kinos schließt uns auf.

Dann stehe ich im Kino.

Direkt neben dem Eingang.

Ganz oben.

Vor mir ist ein Geländer, vor dem Geländer sitzt meine liebste Kinogängerin.

Toll.

Es hat aber auch seine Vorteile, kurz vor der Eisreklame kommt der Eisverkäufer und stellt sich neben mich.

Prima - so kommt die allerbeste Frau von allen (danke, Ephraim) zu ihrer bevorzugten Eisspezialität, gerade, als die Eiswerbung einsetzt.

Ohne, dass sie bestellen muss.

Dann beginnt der Film.

Ich sitze direkt unter der Box, in der das abgespielt wird, was rechts hinten passiert. So bei Flugszenen, bei denen haut der Flieger meistens nach oben rechts hinten aus dem Bild ab.

Da geh ich jedes Mal in Deckung.

Bei den Dialogen, da muss ich etwas genauer hinhören.

Und dann ist da noch die weiß gekleidete Mittfünfzigerin, mit der schwachen Blase. Entweder die wohnt am Berg oder die hat zu Hause elektrische Schiebetüren. Jedes Mal, wenn sie auf die Toilette geht und wenn sie wieder kommt, läßt sie die Tür auf.

Jedes Mal!

Und draußen stehen ein paar Leute, die glauben, wenn der Gegenüber mehr als eine Hand breit entfernt steht, hört er nichts mehr.

Also, jemand mit dem Intelligenzquotienten einer Wanderameise bemerkt spätestens, wenn das 5. Mal die Tür hinter ihm zu gehauen wird, und jemand lautstark nachfragt, ob man vielleicht zu Hause Säcke vor der Tür hat, dass da wohl etwas nicht so ganz Okay ist.

Irgendwie muss bei manchen Menschen die Intelligenz reziprok proportional zum Blasendruck sein.

Nee, kann nicht sein, sonst würde sie es ja auf dem Rückweg merken.

Aber vielleicht geht die über die Blase ab - da sollte ich mal meine Katheder genauer inspizieren.

Oder es sind Zwillingsschwestern, die nur eine Karte gekauft haben und sich jetzt alle zehn Minuten abwechseln.

Egal - es nervt!

Nee, mal im Ernst, da sitz ich alleine hinter meiner Allerliebsten, kann nicht ablästern, weil mir keiner zuhört, mit Kuscheln im Dunkeln ist auch nix - und da kommt so ne Flitzpiepe, hält sich für Emil Zatopek mach ner Kanne Blasentee und hat keine Ahnung, dass man geöffnete Türen auch wieder schließen kann?

So was kann dir den ganzen Film versauen.

Aber egal, da weiß ich jetzt worauf ich in Zukunft achten muss, nix "Der Film hört sich toll an". Sondern wie früher, "Was zeigen sie denn in unsrem Kino"?

Und ich finde noch ein Kino, wo wir nebeneinander sitzen können.

Außerdem - Da gibt's doch so super bequeme Klappstühle. Die nehmen wir immer zu Bogenturnieren mit.

Mhm, da muss ich noch mal genauer drüber nachdenken.

Auf dem Weg nach unten steht eine gigantische Schlange vor dem Parkhausautomat. Moment mal, im Parkhaus ist doch auch einer. Stimmt. Der ist kaputt.

Und vor dem Automat steht ein freundlicher Herr mit einem Stapel Ausfahrtkarten.

Na also - geht doch.

Dummerweise vergesse ich beim Einsteigen meine Trinkflasche auf dem Autodach. Zum Glück ist das Teil aus Alu, das hört man, wenn die Fliehkraft zuschlägt.

Jetzt habe ich ein Unikat.

Kino mit Rollstuhl ist ein Erlebnis.

Richtig geplant...

*H*urra, endlich Ferien!

Dass ich in meinem Alter noch mal in den Genuß von Ferien komme - schon denkwürdig. Aber jetzt mache ich ja eine berufliche Reha, direkt an die gesundheitliche Reha angeschlossen und da gibt es richtige Ferien.

3 Wochen zu Hause, da kann ich mal den Alltag austesten, mit der Sozialstation die Zeiten abstimmen, meinen Hausarzt mal wieder besuchen, ne Physio suchen, vielleicht mit Massage, auf jeden Fall mit Lymphen, Fußpflege, meinen neuen Wohnort besser kennen lernen, volles Programm halt.

Erholen? Ach ja richtig, da war doch noch was.

Und was war mit meinen Ferien? Eigentlich, so auf den ersten Blick verliefen sie ziemlich ereignislos, so ohne besondere Aktivitäten. Kein Meeresstrand, keine langen Wanderungen, noch nicht einmal die kleinste Animation.

Aber trotzdem, oder gerade deswegen waren es herrliche Ferien. Mit meiner liebsten Gesprächspartnerin konnte ich lange Gespräche führen, gerne auch einmal mit einem guten Tropfen. Ohne daran zu denken, dass am nächsten Tag ja eine gewisse Menge Straße auf uns wartet. Ganz von selbst wurden zweite Flitterwochen daraus - ungeplant, unfreiwillig, unkommentiert.

Nur für die, die erst frisch im Rollstuhl gelandet sind:
Ein Querschnitt ist nicht das Ende einer Beziehung, ganz im Gegenteil. Seid offen und lasst Euch überraschen. Dieses Thema betrifft diesmal nicht nur mich alleine, deswegen versteht Ihr bestimmt, wenn ich an dieser Stelle den Vorhang schließe.

Aber auch sonst waren meine Ferien auf den zweiten Blick gar nicht so ereignislos...

37
Ein Überraschungsbesuch

Samstag früh, ich spanne mein treues Roß an, das mir das Sanitätshaus netter weise heim gefuhrwerkt hat.

Hm, wo fahre ich hin? Ach ich schau mal, wie ich ins Nachbardorf komme, da kann ich auch gleich den Weg in die Verbandsgemeindeverwaltung erkunden.

Außerdem wohnt mein Freund und Duopartner mit seiner Familie da. Vielleicht sind sie ja daheim. Wenn nicht, hab ich ne schöne Tour gemacht.

Bis zur Unterführung an der Bahnstrecke war ich schon, die hab ich sogar schon von Hand geschafft, da müsste es auch weiter gehen.

Und das tut's auch. Eine Neubausiedlung tut sich auf, hmm - die Häuser sehen nicht gerade billig aus. Ist schon interessant, was Architekten plötzlich für gute Ideen haben, wenn das Budget nicht zu knapp ist.

Oh, noch eine Unterführung! Da haben die Verkehrsplaner mal gedacht. Auf der anderen Seite der Ausfallstraße sind Schulen zu sehen.

Egal, wo ich hin möchte, ich muss die Unterführung verwenden. Der Zugang zur Unterführung ist optisch einladend gestaltet, während der direkte Weg, der die Straße kreuzen würde, durch eine geschickt gesetzte Schikane wie ein Umweg wirkt. Der einzige Wermutstropfen ist, dass die Unterführung ziemlich steil angelegt ist. So steil, dass sogar Radfahrer absteigen müssen.

Aber zum Glück habe ich ja meinen Zossen, der mich auf der anderen Seite wieder hochzieht.

Jetzt geht es ein Stück durch den Wald, quer durch den Nachbarort und schon biege ich in die Straße ein, in der unsere Freunde wohnen.

Sie wissen nicht, dass ich dieses Wochenende zu Hause bin. Ich freue mich schon auf die Gesichter. Vor dem Haus kupple ich ab und parke meine Zugmaschine außer Sicht.

Dämlich - Für den Klingelknopf sind meine Arme zu kurz. Käme ich die Treppe hoch, dann wäre das kein Problem. Der Architekt hat natürlich nicht damit gerechnet, dass mal ein Rollstuhlfahrer vor der Tür steht und klingeln möchte.

Meine Frau hat mir eingeschärft, immer wenn ich das Haus allein verlasse, mein Handy mitzunehmen. Heute habe ich mal auf sie gehört, also Nummer gewählt, Klingelton, "Hallo?" "Guten Morgen, kommst Du bitte mal zur Tür?"

Da steht er, das Telefon in der Hand, das Gesicht ein großes Fragezeichen, ein letztes, irritiertes "Hallo" ins Telefon.

Langsam malt sich das Erkennen auf seinem Gesicht ab, er beendet das Telefonat, und läßt eine leicht verdutzte Version des verschmitzten Grinsens sehen, das unsere weiblichen Fans manchmal etwas irrational reagieren läßt.

"Was machst 'n Du hier?", "Och, ich war grad in der Nähe und dachte mir, ich schau mal ob ich mir 'n Kaffee schnorren kann".

Jetzt hat er sich von seiner Überraschung erholt, kommt die Treppe herunter und fällt mir um den Hals. Seine Frau ist inzwischen auch aufgetaucht und zeigt mal wieder, dass sie mit Überraschungen besser umgehen kann. Ihr Gesicht, die ganze Haltung drückt die Freude aus, mich so fit wieder zu sehen.

Mein Treppensteiger steht zu Hause und eigentlich sind die beiden auf dem Sprung. Aber für einen Kaffee ist immer Zeit, den kann man auch im Hof trinken.

Schnell kommt das Gespräch auf die Musik: "Ach, ich hab am Freitag übrigens einen kleinen Gig, hast Du Bock?"
Was für ne Frage, klar hab ich Bock, und wie!

Schade, dass wir unseren kleinen Plausch so schnell beenden müssen, aber das kann halt bei Überraschungsbesuchen schon mal passieren. Ich zeige den beiden noch, wo ich meine Maschinerie geparkt habe, spanne an und sause wieder los.

Das hat gut getan. So kleine spontane Aktionen machen einfach Spaß.

38

Ich muss doch üben!

*F*ür den Rückweg soll ich den Radweg an der Umgehungsstraße ausprobieren, meinten meine Freunde zum Abschluss.

Auch nicht schlecht, weil der führt auf der Strecke, die ich nehmen muss, durch den Wald und ich spare die Unterführung an der Schule. Da könnte ich sogar mal versuchen, die Strecke zu Fuß, sprich: von Hand, zu nehmen.

Pfeifendeckel!

Ohne meine kleine Zugmaschine würde ich jetzt ziemlich alt aussehen. Die Strecke selbst ist schön zu fahren, aber die Unterführung an unserem Ortseingang ist für einen Rollstuhlfahrer kaum zu nehmen. Ist die Steil!!!

Selbst meine Zugmaschine zieht, was die Akkus hergeben und kommt dabei kaum vom Fleck. Noch langsamer und ich würde rückwärts fahren.

Hier muss ich aufpassen, dass meine Akkus noch genügend Ladung haben. Wenn ich hier mal nicht hochkomme, dann hab ich verloren, unten in der Unterführung gibt's nämlich auch keinen Handy-Empfang.

Da haben die Vekehrsplaner und die Umweltschützer mal wieder um jeden Zentimeter Weg gefeilscht. Ich kann mir die Verhandlung richtig vorstellen: 'Ja, da müssen die Radfahrer eben absteigen, aber wir können 5 Bäume mehr stehen lassen'.

Stimmt schon, aber wenn ich den Strom rechne, der zusätzlich in meine Akkus rein muss, dann sind die 5 Bäume schnell weg.

Ich kann eben nicht absteigen, wenn's zu steil wird.

(Ein paar Tage später stelle ich fest, dass ich nach ca. 20 Kilometer Fahrt, also mit einem Drittel Akkukapazität, gerade noch hoch komme.)

Zuhause angekommen, suche ich mir schon mal den Ordner mit den Texten heraus, mal sehen, was da so geht.

In der Klinik habe ich schon gemerkt, dass ich heftige Rückenschmerzen bekomme, wenn ich längere Zeit eine Gitarre umhängen habe.

An die Tasten habe ich mich noch nicht heran getraut, da macht meine rechte Hand noch ziemliche Probleme.

Ach, was soll's - ich geh da jetzt dran.

Jetzt weiß ich mal wieder, wozu Üben gut ist. Meine Finger erinnern sich regelrecht an die Bewegungsabläufe, werden von Mal zu Mal sicherer, ein unglaubliches Gefühl!

Die Titel, die ich so lange geübt habe, dass ich sie fast im Schlaf kann, die sind nach einigen Durchläufen wieder da. Na ja, fast, an den Feinheiten muss ich noch übcn.

Bei einigen Songs tritt ein merkwürdiger Effekt auf, manche Teile sind noch komplett da, lassen sich auch leicht wieder abrufen. Andere Passagen aber sind komplett weg.
Ich hatte gedacht, dass es irgendwie anders wäre, wenn man über ein Jahr keine Klaviatur mehr unter den Fingern hatte, aber dieser Effekt ist schon krass.

Entweder es ist da, ein bisschen 'eingerostet', aber definitiv da, oder es ist weg, und dann ganz weg. Dazwischen gibt es nichts. Da gibt's nur eins, die Löcher neu erarbeiten und üben, üben und üben.

Bis zum Gig ist das natürlich kaum zu schaffen, aber zum Glück habe ich ja noch Plan B.

So nach und nach habe ich mir ja früher schon meine eigene Begleitband programmiert. Mit einem kleinen Zusatzgerät kann ich damit einen Synthesizer ansteuern. Falls ich mir mal die Hand verstauche, oder so, habe ich meine eigenen Einsätze nach und nach auch eingepflegt.

Da kann ich mir schon mal anhören, wie ich das gespielt habe und wenn's mit dem Üben nicht ganz reicht, dann ist mir bestimmt keiner gram, wenn ich die eine oder andere Passage aus der Konserve abrufe. Oder ich gehe auf Plan C und lasse die schweren Pianosachen weg. Mit 2 Gitarren haben wir früher auch schon gespielt und den Leuten hat's gefallen.

Was soll's, wichtig ist, dass die Stimme so ziemlich wieder da ist. Außerdem kommt es mehr darauf an, wieder mit meinem alten Partner auf der Bühne zu stehen.

Jaaa, guuut - bei mir ist das mit dem Stehen mehr bildlich gemeint. Viele an dem Abend werden uns von früher kennen und so manche wissen auch von meinem Unfall.

Schätze mal, die sind ziemlich neugierig, genauso wie ich. Mit der Klinikband habe ich jetzt zwar schon zwei Gigs abgeliefert. Aber das ist ne Band, da bist du in der Gruppe. Wenn du dich da mal verhaust, dann geht das im Rauschen unter, wenn du nicht grad ein Solo spielst.

Hier treten wir als Duo auf. Wenn sich da einer verspielt, dann ist das, als ob du im Nachthemd auf dem Schulhof stehst. Dann fällt das auf. Daran, dass man uns kennt und da außerdem noch eine gewisse Erwartungshaltung da ist, will ich gar nicht erst denken.

Aber unser Publikum ist im Großen und Ganzen eigentlich ziemlich gutmütig.

Aber auch ziemlich sachkundig.

Klar, die meisten haben fast alle unsere Balladen zu Hause im Regal stehen - im Original natürlich.

In der Woche darauf wollen wir uns treffen, um das Programm zusammenzustellen und die eine oder andere 'Klemmstelle' nochmal anzuspielen.

Wie ich noch meine Zweifel pflege, klingelt das Telefon. "Du, ich hab mich verguckt, der Gig ist erst nächste Woche"

Vom Gong gerettet, puuh! Erst nächste Woche, da kann ich noch das eine oder andere üben.

*W*ie heißt es so treffend? Der Teufel ist ein Eichhörnchen. Ruck-Zuck ist auch diese Woche rum. Jeder von uns hat für sich einiges wieder sicherer gemacht, aber gemeinsam geprobt haben wir genauso wenig, wie uns auf ein Programm geeinigt. Am Donnerstag ist Aufbau, da müssen wir aber wirklich dran gehen.

Aufbau, Soundcheck, Generalprobe, alles ist ein bisschen hektisch, weil mal wieder nix funktioniert.

Wie ich das vermisst habe!

Eigentlich sind es nur ein paar Kleinigkeiten, die noch nicht so richtig gehen. Das Equipment steht, alles ist angeschlossen und für den Soundcheck sind wir ja gerade da, aber am Vorabend sieht man das alles ein wenig emotionaler. Das ist dann auch egal, ob du vor 10 Leuten oder vor 10.000 spielst.

Im Allgemeinen sagt man, wenn die Generalprobe schief geht, dann wird die Premiere gut.

Das muss ja dann morgen der Knaller werden.

Vor lauter Technik ausprobieren und Einstellen kamen wir überhaupt noch nicht dazu, unsere Einsätze abzusprechen.
Durch den Querschnitt gibt es jetzt dummerweise Zeiten, an die ich mich halten muss, mit open end ist da nicht mehr so viel.
Schon steht meine Frau da, um mich wieder abzuholen. Na ja, wenigstens haben wir die Titel und den Ablauf durchgesprochen, den Rest muss jetzt die Erfahrung machen.

Zum krönenden Abschluss bin ich klitschnass, als ich zu Hause ankomme. Irgendwie muss meine Einlage verrutscht sein.
Na toll, bei dem Abend muss das morgen granatenmäßig werden...

Mucke

*H*eute soll E.N.E. das erste Mal nach meinem Unfall wieder auftreten, entsprechend aufgeregt bin ich.

Ach ja richtig, wenn wir als Duo auftreten, dann nennen wir uns E.N.E., auf gut pälzisch: Enner Unn noch Enner.

Meine Frau fährt mich hin, wird aber nach dem ersten Set wieder fahren. Sie muss morgen sehr früh raus. Mein Sohn holt mich dann wieder ab.

Den ersten Set haben unplugged geplant, 2 Gitarren, 2 Stimmen und fertig. Für mich die Königsklasse in der Livemusik. Da geht es ohne Netz und doppelten Boden direkt zur Sache.

Jeder Kiekser, Vergreifer, Saitenrutscher geht gnadenlos über die Anlage.

Mein Hände sind schweißnass, am liebsten wäre ich jetzt weit weg oder tot, egal, Hauptsache schnell.

Warum bin ich denn nicht Straßenbahnschaffner oder Metzger geworden?

Mein Partner nickt mir zu, jetzt gibt es kein zurück mehr.

Mit dem Mut der Verzweiflung nicke ich zurück, höre ein leises 'zwo, drei, vier' und ab geht die Luzie.

Nach ein paar Takten ist die Aufregung wie weggeblasen.

Der erste Titel fängt a capella an. Von rechts kommt die klare Stimme meines Partners, ich lege mich eine Terz drüber.
Es ist, als hätte ich hinten im Schrank meine schon verloren geglaubten Lieblingspantoffeln wieder gefunden.

Das passt, die Stimmen schmiegen sich aneinander, wie ein altes Ehepaar, das "Es" nach langer Zeit mal wieder probiert. 'So neu und doch so vertraut', Klaus Lage beschreibt das Gefühl am Besten.

Jetzt setzen die Gitarren ein, ich schaue meinen Fingern fasziniert zu, wie sie fast wie von selbst über die Saiten laufen. Meiner Stimme hat es auch nicht unbedingt geschadet, dass ich schon über ein Jahr nicht mehr rauche.

Die Einsätze passen, wo einer von uns nicht ganz sicher ist, reicht ein Blick, eine hochgezogene Augenbraue.

Es ist, als hätten wir erst vor ein paar Tagen zusammen auf der Bühne gestanden, als ob jemand einen Schalter umlegt.

Klick.

Dieses Gefühl der Zusammengehörigkeit, als würden wir synchron auf der selben Frequenz schwingen, keine mir bekannte Sprache hat Worte dafür, es ist sofort wieder da. Das vergangene Jahr ist weg, hat nie stattgefunden. Ich bin nicht mehr der Typ im Rollstuhl, der 'ne Gitarre umhängen hat und da mit einem anderen singt.

Wir sind.

Beide verlieren wir uns in der Musik, um uns gleichzeitig als Einheit wiederzufinden.

Ein Lied in zwei Körpern, die im Gleichtakt schwingen.

Synchronschwimmer, Trapezartisten, vielleicht Tänzer können etwas ähnliches empfinden, es ist jedes mal anders und doch gleich. Die Faszination springt auch auf das Publikum über, unterschwellig, unbewusst, manche spüren, dass da etwas Besonderes passiert.
Ein Titel folgt dem anderen, irgendwann ist der Set zu Ende.

Ich könnte noch stundenlang so weitermachen, meinem Partner geht es genauso, aber wir halten uns ans Programm und jetzt ist Pause.

Lustig, heute abend ist eine meiner Pflegerinnen da, die mir auf meinem Weg durch die medizinischen Einrichtungen so begegnet ist.

Die mir zwangsläufig körperlich auch recht nahe kam - Kommen musste, schließlich kann man jemand ja schlecht aus der Entfernung pflegen.

Natürlich werden jetzt erstmal ein paar Anekdoten ausgetauscht, weißt Du noch, was macht denn,...?

Aber obwohl wir uns sofort wieder prima verstehen, irgend etwas fehlt. Das Vertrauen, diese magische Komponente, irgendwo auf dem Weg ist sie verloren gegangen. Ich glaube, wenn ich jetzt plötzlich in einen pflegebedürftigen Zustand geraten würde, um es mal so auszudrücken, dann wäre das für uns beide fast schon unangenehm.

Wir machen uns den Spaß und lassen durchblicken, dass sie mir näher gekommen ist, als jede andere Frau im Saal, ja Dinge mit mir angestellt hat, die sie mit ihrem Freund nicht macht. Na klar, als Pflegerin auf einer Querschnittsstation. Aber den Tatbestand haben wir natürlich irgendwie vergessen zu erwähnen.

Die verdutzten, teils entsetzten Gesichter mancher Umstehenden - Wir amüsieren uns königlich.

Der Junge neben ihr schaut ganz verschreckt. Ob es ihr Freund ist, oder nur so neben ihr sitzt, frage ich nicht nach, ist mir eigentlich auch egal.

Es ist Zeit für den nächsten Set. Diesmal setzen wir ein wenig Computerunterstützung ein, haben jetzt noch eine

Schlagzeugspur, einen Bass, einfach einen volleren Sound. Trotz des besseren Klangs habe ich das Gefühl, dass die 'pure' Musik bei vielen besser ankommt.

Als mein Sohn mich abholen kommt, komme ich mir vor, wie ein Teenager, der noch vor 12 zuhause sein muss.

Ach, Mensch, muss ich schon gehen?

Es hat richtig gut getan, gemeinsam die Balladen auszupacken, einfach wieder zusammen auf der Bühne zu stehen.

Unsere Frauen haben uns später gesagt, es hat ihnen auch gut getan, uns wieder gemeinsam spielen zu sehen.

41
Weggefährten

*H*ört sich irgend wie nach Tolkien an: Die Gefährten.

Auf meinem Weg zurück zu mir gab und gibt es so einige. Manche haben mich ein Stück begleitet, andere haben schon mal die richtige Richtung gewusst. Ein paar haben mir Steine aus dem Weg geräumt. Ab und zu bekam ich auch mal einen Knüppel zwischen die Speichen gesteckt, bildlich gesprochen.

Sie tauchen auf, begleiten mich ein Stück, dann führt sie ihr Weg wieder woanders hin. Alle haben mich beeinflusst, auf die eine oder andere Art.

So viele - in so kurzer Zeit. Einige haben mich gebeten, ihren Namen nicht zu nennen. Ist OK. Nicht jeder findet sich gerne in der Öffentlichkeit wieder. Von manchen glaube ich, dass sie nicht gerne genannt werden. Andere meinten, schreib doch auch mal was über mich. Bedenke, worum Du betest...

Ach ja, und an einige möchte ich mich einfach erinnern, da hilft dann auch die Bemerkung ein wenig.

Also, hier ein kleiner Auszug, ohne Wertung, einfach, wer mir jetzt gerade so einfällt:

Alex, alter Teddy, fast schon mein Mentor. Ich habe mich gefreut, als ich unverhofft in der Reha wieder auf Dich stieß, Wand an Wand.

Petra und Uwe, Ihr habt uns allen vor gelebt, was 'In guten, wie in schlechten Zeiten' wirklich bedeutet.

Jörg - wie ein Kastenteufel. Weg - Da - Weg - Da -...

Daniel und Denis, kann man doch eigentlich gar nicht verwechseln.

Marco, "Heh Mann, ich hab ja Arschmuskeln!". Dein Gesicht, das erste Mal auf dem Laufband. Und Du dachtest, mit Laufen is' Essig.

Rosi und Reiner - unsere Gespräche vermisse ich schonn e bissi. Aber es gibt ja noch das Telefon.

Tina - "kleine große Schwester", Lebenslust pur, ich hoffe, Ihr werdet glücklich.

Dann der kleine dicke Schwabe, der darauf bestand, dass es ja Gesetze gibt. Ich habe es nie verstanden, wenn Du so geschimpft hast. Schwäbisch iss abba au schwär!

Axel, kann Dein Rolli jetzt endlich Kaffee kochen?

Ina - wo nimmst Du nur die Energie her?

Rolf und der Apfelkuchen. Vielleicht schaffe ich es mal, die Zutaten in der richtigen Reihenfolge dazuzutun. Hat aber doch geschmeckt.

Und Günni. Die Trüffel waren als erstes weg.

Monika, die Kamikazepilotin. So ein E-Antrieb hat aber auch manchmal seinen eigenen Kopf.

Diddy, Deine Wildlederweste hat der halben Klinik schlaflose Nächte bereitet.

Josef, so ein Aufzug hat einfach ne saugeile Akustik.

Julia, auf dem Lavafeld blüht ein Vergissmeinnicht. Ich sehe es vor, mir als wärs heute früh gewesen.

Dani , der Teebeutel kann immer noch nicht schwimmen.

Steffi und Steffi, ich werde sehr gerne auch mal von einer Frau gewaschen.

Frank, alter Keimling, wärscht besser in de Palz gebliwwe. Des is net so weit...

Thilo, also die Sendung vom Tim hat mir besser gefallen.

Mario, die Schiene nehm ich jetzt als Rückenkratzer.

Birgit, hab Geduld, stehen kannst Du schon.

Und, und, und, ...

Ich sehe noch so manches Gesicht vor mir, nur mein Namensgedächtnis, das spielt mir immer öfter einen Streich.

Ich werd halt auch nicht jünger.

*I*ch mache mir über alles mögliche so meine Gedanken. Manches halte ich für aufschreibenswert.

... Notausgang

Notausgang - Suizid gleich als Erstes?
Ja.

Wer so einen einschneidenden Eingriff in sein Leben erfahren musste, macht sich zwangsläufig Gedanken darüber, das Leid selbst zu beenden. Wie ich in vielen Gesprächen erfahren habe, geht oder ging es uns allen so.

Für manche sind es die Schmerzen, für andere die Behinderung, für jeden ist es individuell. Das Nachdenken über den Notausgang, den Not-Aus-Knopf, das letzte Mittel, Schluss machen, wie auch immer die Bezeichnung heißen mag - für uns ist es legitim, muss es legitim sein.

Ich fiel einmal wieder in ein solches Depressionsloch. Die Schmerzen waren wieder einmal unerträglich, das neu erlernte Kathedern funktionierte nicht richtig, die Physio verlangte wieder unmögliches, die Pflege war nicht gleich beim ersten Klingeln da - so fühlte ich jedenfalls. Heute habe ich gelernt, mit solchen Tagen umzugehen, aber an diesem Tag...

Ich weiß noch, dass der Psychologe in Urlaub war, mein Zimmernachbar hatte seine eigenen Probleme. Wenn ich das nächste Mal in den Rollstuhl gesetzt werde, dann fahre ich ins Treppenhaus und lasse mich von der obersten Stufe seitlich herunter kippen...

Ich malte mir genau aus, wie ich das durchziehen würde. Vor meinem geistigen Auge sah ich auf einmal die traurigen Gesichter meiner Kinder. Meine Frau sah mich spöttisch an:

"Du mit Deinem Glück brichst Dir höchstens noch einen Halswirbel. Und dann bist Du richtig angepisst!"

Das war wohl genau die Dosis, die ich brauchte! Mann, war ich sauer! Da fällt mir die Nase so in den Rücken!

Also Zorn ist besser als Selbstmitleid. Die Energie, die in meiner Wut steckte zog mich aus dem Loch soweit heraus, dass ich wieder etwas klarer wurde.

Auch heute noch habe ich immer wieder Tage, an denen es schlecht läuft. Aber die hatte ich in meinem früheren Leben doch auch.

Letztendlich bekam ich noch einmal eine Chance. Ich bekam ein neues Leben, einen neuen Körper. Gut, es war grad kein neuer da, da musste ich halt einen gebrauchten nehmen. Und der hat eben so seine Macken.

Aber ich lebe noch! Und bin wieder neugierig!

Was mag der nächste Tag wohl bringen?

Für die zweitbeste Lösung ist später immer noch Zeit...

Danke, Dr. Jäck.

... *Freunde*

Freunde in der Not gehen hundert auf ein Lot, heißt es.

Stimmt!

Die, von denen wir seit dem Unfall nichts mehr gehört haben, die werden bestimmt ihre Gründe haben. Sei's drum.

Aber die Freunde, die mir nach dem Unfall geblieben sind, haben mich tief beeindruckt .

Ganz vornweg natürlich meine Familie, die einfach wie eine Mauer hinter mir stand und immer noch steht. Sie sorgen dafür, dass ich mich ganz auf meine Wiederherstellung konzentrieren kann.

Was auch war, wenn meine Familie Hilfe brauchte, sie brauchten nur darum zu bitten. Keiner drängte sich auf. Klar, auch wir mussten lernen. Was packen wir so, wann brauchen wir Unterstützung. Es war anfangs nicht leicht. Für niemanden. Ich glaube, am schwersten war es, erst einmal Hilfe anzunehmen. Aber wir haben gelernt, wenn Du sagst, "An dieser Stelle brauche ich Unterstützung" und wenn Du diese Unterstützung formulierst, dann wird Dir gerne geholfen.

Ich werde an dieser Stelle nicht die einzelnen Namen aufzählen. Angefangen hatte ich schon, aber das passte nicht. Irgendwie wirkte das kleinkrämerisch und konnte meine Empfindungen doch nicht ausdrücken. An alle, und die, die gemeint sind, wissen schon wer, ein ganz großes Dankeschön. Ob das jetzt die Kandeler sind, die Sippe aus Kapsweiher, die Vielflieger aus Friedelsheim, bestimmt habe ich jemand vergessen, nicht böse sein.

Ein Dankeschön auch an den Bogensportverein Kandel. Ohne Euch wäre so manches viel komplizierter geworden.

Danke auch an meine Kollegen, die sich immer wieder meldeten, aufmunternde Worte fanden und mir zeigten und zeigen, dass sie mich noch nicht vergessen haben.

Viel Aufmunterung bekam ich von den X8ern. Ja, für Zweiradfahrer ist das Thema Rollstuhl auch besonders heftig.

Zwei Namen muss ich nennen: Rainer - Du und Nicole, ich habe jetzt etliche Male etwas hingeschrieben und wieder gelöscht. Ich finde nicht die richtigen Worte. Aber bei Euch brauche ich die auch nicht, Ihr wisst auch so, was ich meine.

Danke.

Es gibt etwas, was mich sofort und unwiderruflich mit Lichtgeschwindigkeit auf die Palme bringt.

Ich rede über Intoleranz in allen ihren Ausprägungen. Bisher dachte ich immer, Rollstuhlfahrer müssten aufgrund ihrer Situation gelernt haben, was Toleranz bedeutet - weit gefehlt!

Das soll jetzt keine Pauschalisierung sein. Bitte nicht.

Gerade bei Rollstuhlfahrern habe ich Beispiele an Hilfsbereitschaft erlebt, die über das Normalmaß weit hinausgehen. Ich lernte Menschen mit einem Lebensmut und Humor kennen, wie ich es bei Fußgängern nicht in dem Maße kannte.

Doch wehe, jemand bringt das viel gequälte Thema Rauchen auf den Tisch.

Mit welcher Vehemenz die Raucher aber regelrecht kriminalisiert werden, das verblüfft mich immer wieder. Und der Ton, der dabei angeschlagen wird, der erinnert mich an die alten Filme über Hexenverfolgung.

Wie gesagt, ich rede hier nicht über den Inhalt, sondern über den Ton, in dem das alles abläuft. Und die Sekundäreffekte...

Es gab in der Reha-Klinik einen Raum, in dem das Rauchen geduldet wurde. Gerade sehr schwer behinderte Patienten mussten für eine Zigarette nicht extra angezogen und vor das Haus gerollt werden. Die anderen Raucher fanden das natürlich angenehm. In diesem Raum war auch immer gute Stimmung, gerade abends trank man auch gerne mal ein Gläschen gemeinsam. So mancher militante Gesundheitsapostel störte sich natürlich daran. Die Klinikleitung nahm diese Duldung nicht offiziell zur Kenntnis und alle waren glücklich.

Irgendwann meinte jemand, er würde auch gerne an dem lustigen Treiben teilhaben, aber der Rauch würde ihn stören. Also machte er der Klinikleitung offiziell Meldung, so dass diese natürlich einschreiten musste.

Ich glaube wir alle haben so ziemlich alle Argumente pro und contra Rauchen gehört. Ich werde an dieser Stelle auch keines bringen. Haben wir alle schon gehört.

Es war unglaublich, welche Szenen sich abspielten. Sogar einige Nichtraucher waren entsetzt, mit welcher Vehemenz man plötzlich verbal auf die Raucher los ging. Und wehe, es fiel einem Nichtraucher ein, diese Vorgehensweise zu kritisieren – wie gesagt, unglaublich.

Ja aber, es gibt ja schließlich Gesetze! Hallo, würden diese einen Schießbefehl beinhalten - Nein, diesen Gedanken weigere ich mich zu Ende zu denken.

Ja, diese ewig gestrigen gibt es also auch unter Rollstuhlfahrern. Und sie haben endlich wieder eine Zielgruppe gefunden, auf die man unter dem Deckmantel: "Es gibt ja schließlich Gesetze!" nach Herzenslust ein prügeln kann.

Leute, habt Ihr eigentlich nichts gelernt?

Ich selbst rauche übrigens momentan nicht.

... Frühstückskaffee

Eigentlich wollte ich das Thema ja unter Anekdoten ab heften. Aber es hat eine eigene Seite verdient. Und ich mache mir da schon Gedanken...

Ich bekomme morgens das Frühstück ins Zimmer. Da muss sich die Pflege nicht so abhetzen, um mich rechtzeitig aus dem Bett zu holen. Das ist morgens immer ein größerer Akt. Kathedern, Abführen, Waschen, Anziehen, ...

Ich trinke meinen Kaffee gerne mit Frischmilch. Für mein Müsli geht Frischmilch auch. Also habe ich auf meiner Frühstückskarte eintragen lassen:

1 Kännchen Kaffee, schwarz, 1/2 Kännchen Frischmilch, also nichts besonders kompliziertes. Das Frühstück kommt aus der Küche, auf Station werden dann Kaffee und Milch dazu gepackt, dann bleibt der Kaffee länger warm.

Ich weiß nicht, wer morgens das Frühstück vorbereitet, aber die Person scheint ein Morgenmuffel zu sein.

Oder vergißt gern einmal die Brille.

Nun, was fand ich bisher auf meinem Tablett?

1 Kännchen Kaffee, 1 Kännchen Milch
geht, dann hab ich noch Reserve

1 Kännchen Kaffee, 1 Kännchen Kaffeesahne
im Kaffee gerade noch trinkbar, aber Müsli mit Kaffeesahne -
BRRR

1 leeres Kännchen
?

1 Kännchen MilchKaffee, 1 Kännchen schwarzer Kaffee, 1 Kännchen Milch, keine Tasse
war wieder spät, gestern Abend, gell?

1/2 Kännchen Kaffee, 1 Kännchen Milch
na ja, fast

1 Tasse Kaffee, 1 Tasse Milch
in jede Hand ne Tasse, Mund auf und dann kräftig hopsen

Schön war auch die Aushilfskraft:
Weiss ich nicht, was ist Kennchen. Ist das Plastik?
(Die Kännchen sind aus Thermoplastik)
Hab ich gemacht 1 Plastikkaffee und Halbe Plastikmilch
BINGO!!! Die konnte zwar nicht viel deutsch, dafür aber lesen!

1 Kännchen Kaffee, schwarz ,1/2 Kännchen Frischmilch, keine Tasse
Ich hab mir inzwischen eine gebunkert!

Bitte, bitte, macht so weiter! Ein Tag, der so anfängt, kann nur besser werden...

Ein hartnäckiges Gerücht behauptet, Kiffen, also der Genuss von Cannabis würde gegen Spastiken und Schmerzen helfen.

Na ja, eigentlich ist meine wilde Zeit schon ein paar Jährchen vorbei, aber wenn's der Gesundheit dient.

Irgendwie lag da plötzlich dieses selbst gedrehte, leicht konisch zulaufende Etwas, formschön, leicht nach Tabak und diversen Kräutern duftend. Also, ich habe keine Ahnung, wo das so plötzlich herkam, aber es schrie förmlich nach einem Selbstversuch.

Heroisch nahm ich die Herausforderung an.

Zu spät fiel mir ein, dass ich bei meiner schlaffen Lähmung ja gar keine Spastiken habe. Na gut, dann testen wir eben das Schmerzverhalten. Als erstes stellte sich ein gewisses Schwindelgefühl ein. Na klar, lange nicht mehr geraucht, Nikotin ist schließlich ein Nervengift.

Die Schmerzen wurden aber nicht weniger, eher schlimmer.
Fühlen sich aber trotzdem irgendwie toll an.
Geiles Gefühl, Alter. Sind die Reifen an meinem Rollstuhl lose?
Ich glaub' ich hau mich hin, besser ist das.
Oh Mann, die Pflege spannt doch gleich, was los ist!

Dann saß ich auf dem Rutschbrett, links der Rollstuhl, rechts das Bett, mit wachsender Schlagseite. "Ich hab was verloren!", "Was denn," sehe ich da eine milde Panik in ihrem Blick? "Mein Gleichgewicht!"

Fazit:
Kiffen hilft nicht gegen Schmerzen, verstärkt sie sogar, jedenfalls bei mir. Ist aber in dem Moment einfach nur lustig. Balance und Koordinationsfähigkeit gehen total den Bach

runter. Ich habe mit viel Hilfe ca. 1/4 Stunde gebraucht, um vom Rollstuhl ins Bett zu kommen. Ob es gegen Spastik hilft, konnte ich nicht verifizieren.

Im Großen und Ganzen war es ganz lustig, aber deswegen wieder anfangen?

Wo ich mich so mit dem Aufhören gequält habe?

Nö.

Übrigens, die Pflege spannte nicht, ob absichtlich oder nicht, habe ich natürlich nicht hinterfragt.

Ich weiß auch gar nicht mehr, wer mich an dem Tag ins Bett gebracht hat.

An welchem Tag eigentlich?

Und in welcher Klinik?

Oder habe ich mir die ganze Geschichte vielleicht doch nur ausgedacht?

Also, nicht nachmachen, liebe Leser!

Schließlich ist der Gebrauch von Betäubungsmitteln nicht immer legal.

... Dr. Stunt

Eigentlich wollte ich ja bewusst keinen meiner Weggefährten besonders herausheben.
Einmal damit angefangen, kommt bestimmt ein anderer und fragt, warum ich denn über ihn nicht mehr geschrieben habe. Menschen sind nun einmal so, das kann ich keinem übel nehmen.

Aber, heh, das ist doch schließlich mein Bericht! Da kann ich doch bitteschön schreiben, was auch immer ich möchte.

In meinem früheren Leben hätte ich, harmoniesüchtig wie ich war, versucht es allen Recht zu machen. Stellvertretend für so viele, picke ich jetzt einfach mal einen heraus.

Nennen wir ihn einmal Bernd, egal, wie er in Wirklichkeit heißt.

Bernd ist ein Tetra. Einer, bei dem die Handfunktion darin besteht, dass er sich seine Hände ansehen kann. Ist doch schon mal was. Der gute hat mehrere Doktortitel, sogar habilitiert, ist also das, was man hier als Käpsele bezeichnet, schon ein recht pfiffiges Kerlchen. Er ist von seiner Unfallhistorie her ca. ein halbes Jahr hinter mir. Was mich fasziniert, ist die Entwicklung, die er durchmacht. Es ist, als ob ich meine eigene Entwicklung noch einmal beobachten kann. So wie beim Fußball, wenn der Kopfball von Miro immer und immer wiederholt wird. Von der Torkamera, dann aus der Totalen, hinterher nochmal ne Animation, genau, wie Poldi die Ecke tritt...

Ey, Alter, Du faselst schon wieder. Außerdem hast Du doch keine Ahnung von Fußball.

Stimmt, also zurück zum Thema.

Als Bernd hier ankam, konnte er wunderbar mit den Augen rollen und kurze Sätze hauchen.

Die Verzweiflung stand ihm ins Gesicht geschrieben, die Angst vor der Zukunft.

Das ist das Problem bei Kopfmenschen, die Gedanken sind einfach da und produzieren ständig ein Szenario nach dem anderen, nach dem Motto: "Schlimmer geht immer".

Gelegentlich sitzen wir bei einem guten Roten zusammen und philosophieren. Ich weiß, in neuer Rechtschreibung schreibt sich das anders, aber wie sieht das denn aus, filosofieren, wie ne Karikatur, schlimm.

Tschuldigung, also nochmal - gelegentlich sitzen wir zusammen und lassen einfach unsere Gedanken so vor sich hin fliegen. Mit Menschen, die gelernt haben, ihren Kopf so zu verwenden, wie ein guter Schreiner seinen Hobel, hat das eine ganz andere Dimension.

Das geht dann vielleicht mit Heisenberg los. OK, jetzt ist Schrödingers Katze mit Sicherheit tot. Warum haben momentan amerikanische Autoren solchen Erfolg. Was ist denn mit den deutschen Schreibern, warum kommt da so wenig. Oder gehen die Verlage lieber auf Nummer sicher? Was hat cs mit dem Kamel und dem Nadelöhr auf sich. Vor allem, wenn man das arabische Wort für Kamel etwas anders darstellt, dann erhält man das aramäische Wort für Tau. Eher geht ein Tau durch ein Nadelöhr, macht plötzlich Sinn. Dürfen Muslime ihre Frauen wirklich "schlagen, weil sie ungehorsam sind", oder sollen sie dafür ein bestimmtes rituelles Stöckchen verwenden, was den Schlag als solches zu einer Geste macht, die Mißfallen ausdrückt. Ist eine Nahtoderfahrung nur eine chemische Reaktion des Gehirns oder ist sie real? Der Frosch in der Zauberflöte ist keine Metapher, hat auch keinen tieferen Sinn. Er ist bloß eine lustige Idee. Heute wäre das ein Gimmick...

Manchmal geht es auch weiter ins Metaphysische oder wohin auch immer, wir lassen einfach den Gedanken die Zügel schießen. Mal sehen, wohin sie diesmal laufen.

Ich genieße solche Gespräche, so wie ich einen Theaterbesuch genieße, oder einen guten Wein. Für den täglichen Gebrauch ist das nichts, das würde das Besondere darin sehr schnell abschleifen.

Einmal traf ich Bernd im Aufzug. Ganz plötzlich schoss ihm das Wasser in die Augen - von einem Moment zum anderen drückte sein Gesicht, ja die ganze Haltung tiefste Verzweiflung aus. In diesem Moment wurde ihm klar, was er durch seinen Unfall verloren hat, wie abhängig er ab jetzt von anderen sein wird. Von Dritten, Fremden. An diesen Moment kann ich mich gut erinnern. Da muss jeder von uns durch. Und für jeden von uns ist dieser Moment etwas sehr individuelles, ein Schlüsselaugenblick. Bei mir war es der Zeitpunkt, als ich mich sehr intensiv mit dem Not-Aus-Knopf beschäftigte. Da muss jeder von uns auf seine eigene Art mit fertig werden.

Für Bernd kam noch dazu, dass er als ehrenamtlicher Klinikseelsorger plötzlich selbst vor einem gewaltigen Problem stand.

Er hat auch diese Hürde geschafft. Inzwischen kann er selbst essen, gewinnt täglich neue Fähigkeiten dazu. Es ist eine Freude, ihm dabei zuzusehen, wie er immer stärker, immer sicherer wird.

Eines Abends, wir waren auf der Dachterrasse zu einem Cabernet verabredet, wurde ich aufgehalten.

Pünktlichkeit hat bei uns einen sehr hohen Stellenwert, es könnte ja sein, dass der andere irgendwo festhängt und Hilfe braucht. Also fuhr Bernd mir entgegen.

Wie es mit Geistesmenschen so ist, die Physik hat so manches Mal einfach einen zu niedrigen Stellenwert. Bei Bernd war es eine kleine Unebenheit im sowieso schon schrägen Fußboden. Zielsicher fuhr er die diese genau im richtigen einem Winkel an. Die Flasche Wein in seinem Rucksack und sein energetischer Anschub hoben durch den richtigen Winkel seinen Rollstuhl über den hinteren Kipppunkt. Das Ergebnis war eine elegante Rolle rückwärts mit einem eingesprungenen Kippschutzknicker, abgeschlossen mit einem gerutschten Rollstuhl-Fußboden-Transfer.

In einfachen Worten: Bauz.

Nun lag er da, in seiner ganzen Pracht. Neben ihm sein Rollstuhl, die Kippschutzbügel ornamentartig gen Himmel gestreckt. Sein Handy im Zimmer auf dem Nachttisch. Er wappnete sich in Geduld, irgendwann wird schon jemand kommen, so unbequem lag er nun nicht.

Ein anderer hätte in dieser mentalen Verfassung vermutlich das Thema Rollstuhl selbst bewegen erst einmal als Zukunftsprojekt abgeheftet.

Nicht so unser lieber Bernd.

Am nächsten Abend saß er mit provisorisch repariertem Rollstuhl auf der Dachterrasse. Bei uns waren einige nicht unattraktive Rollstuhlfahrerinnen, was unsere Gespräche einmal in andere Bahnen lenkte.

Seitdem hat er seinen dritten Doktortitel, verliehen von uns:

Dr. hum. c. Stunt

Anhang

Gedanken über mich selbst

(k)ein Tagebuch

20.4.2008   Gedanken über mich

Im Spätsommer 2007 hatte ich in der Akutklinik einen seelischen Zusammenbruch. Der Psychologe sagte mir hinterher, dieser Zusammenbruch wäre schon überfällig gewesen. Diese Krise muss jeder durchmachen. Bei manchen kommt sie schon ganz am Anfang und ist fast unbemerkt. Je später die Krise kommt, desto schlimmer kann es werden. Ich bin damals in ein Loch gefallen, aus dem ich ohne Hilfe nicht mehr herauskam. Das war, als ich den Notausgang nehmen wollte.

Ich habe dann akzeptiert - nee, ist nicht richtig, als mir klar wurde, dass mein bisheriges Leben vorbei ist, habe ich mit meinem neuen Körper die Phase des sich Kennenlernens, der Kindheit und Jugend, quasi im Zeitraffer noch einmal durchgemacht.

Jetzt, als ich diese Zeilen schreibe, finde ich es richtig spannend, mich selbst zu beobachten und täglich neue Fertigkeiten auszuprobieren. Meistens geht's zu Anfang schief. Ich probiere dann so lange, wie ich es doch hin bekomme, bis ich eine Lösung habe. Die kann dann auch schon mal ganz anders aussehen.

Ein ganz alltägliches Problem: Ich habe eine Tasse Kaffee, die möchte ich vom Kaffeeautomaten zu meinem Tisch bringen. Nehme ich die Tasse in die Hand, kann ich nur noch mit einer Hand Rollstuhl fahren, sprich im Kreis.

Schlecht.

Wenn ich die Tasse nicht ganz voll mache, kann ich sie zwischen die Beine klemmen.

Heiße Kaffeetasse zwischen Beine klemmen, die nichts fühlen - ganz schlecht. Verbrühungen heilen nur sehr langsam.

Zwischenschritt - Kaffee mit viel Milch auf ungefährliche Temperatur runter kühlen, zwischen die Beine klemmen und über bessere Lösung nachdenken.

Nach viel Probieren fand ich heraus, dass ich, je nachdem, wie schnell ich mein Greifrad drehe, die Richtung beeinflussen kann. Heute ziele ich mit dem Rollstuhl in die Richtung, in die ich möchte, nehme dann erst die Tasse in eine Hand. Mit der anderen Hand drehe ich langsam mein Rad an. Sobald der Rollstuhl in Schwung kommt, nehme ich die Tasse in die andere Hand, drehe das Rad mit der freigewordenen Hand. So geht das abwechselnd, bis ich in einer leichten Schlangenlinie ungefähr dort bin, wo ich hin will. Sobald ich den Tisch greifen kann, ziehe ich mich bis zu meinem Ziel.

Inzwischen kann ich mit einer Hand wenden. Klappt nicht immer. Meistens, speziell, wenn andere zusehen, fahre ich schon mal ganz woanders hin. Ich tue dann einfach so, als wollte ich da hin.

12.5.2008 Kommentar

Jetzt hab ich die innovative Lösung zum Kaffeetassen-problem: Ein Getränkehalter aus dem Fahrradladen. Da paßt genau ein Norm-Kaffeepott rein und Du hast beide Hände frei.

22.4.2008 Nochmal durch die Pubertät

Mit meinem neuen Körper mache ich doch wirklich noch mal so eine kleine Pubertät durch. Inzwischen bin ich seelisch so weit gefestigt, dass ich an der Sache sogar meinen Spaß habe. Dass ich diese Entwicklung durchmache, fällt mir auf, als ich mich dabei ertappe, wie ich den Praktikantinnen und Schwesternschülerinnen hinterher sehe. So als wäre ich selbst sweet little sixteen. Tanzschulenzeit. Mit Schmetterlingen im Bauch, Schwärmereien, das volle Programm. Wenn Du's nicht ändern kannst, genieße es. Keine Ahnung, wer das mal gesagt hat. Passt aber. Und ich genieße. Tut ja keinem weh, ich belästige auch niemand, genieße bloß still vor mich hin. Schade nur, dass die Entwicklung im Zeitraffer verläuft. Egal, das nimmt mir keiner weg.

27.4.2008 Metamorphose

So langsam, ganz langsam werde ich wieder der, der ich mal früher war. Aber nicht ganz. Ich bin viel emotionaler geworden, kann jetzt auch Emotionen zeigen. Ich bin selbstbewusst genug, um auch andere Meinungen neben meiner gelten zu lassen, ohne mich gleich angegriffen zu fühlen. Ich bin stärker geworden, als ich vorher je war. Ich kann Kritik annehmen und umsetzen. Meine Frau sagt, mein Lächeln wäre wieder da. Schön. Und bei allem wird mir die tiefe Liebe, die mich mit meiner Frau und meiner Familie verbindet, die mich wie eine Naturgewalt unterstützt, täglich immer mehr bewusst.

Eigentlich will ich gar nicht mehr der werden, der ich mal war. Den neuen Kerl, den mag ich jetzt schon viel mehr. Ich bin mal gespannt, wo die Entwicklung noch hinführen wird.

5.5.2008 Danke

Danke fürs Zusammenfalten, Florian. Ich hab's gebraucht.

8.5.2008 Neue Perspektive

Ich stehe am Supermarkt an der Kasse. Vor mir Vater und Sohn. Sohn sitzt im Einkaufswagen, Gesicht zu mir, auf Augenhöhe. "Na Kollege, wo fährst'n hin. Hm Luxus, hast Deinen eigenen Fußgänger dabei". Sohn kann zwar noch nicht reden, aber anscheinend mit dem Tonfall was anfangen. Er lacht und erzählt mir irgendwas in Babysprache. Je mehr wir rum albern, desto ratloser wird sein Vater, kann mit der Situation nicht umgehen. Die Umstehenden sehen angestrengt in die andere Richtung. Sein Sohn und ich haben unseren Spaß. Der Vater packt in Windeseile ein, wahrt aber immerhin noch so weit die Fassung, dass er mir ein genuscheltes 'Nbnd' zuwirft. Sollte wohl Guten Abend heißen. Schon lustig, was man so alles erlebt, wenn man nur noch 1,20 m groß ist und Räder hat.

9.5.2008 Ein schönes Gefühl

Eigentlich schreibe ich ja für mich selbst. Jedenfalls war das der ursprüngliche Denkansatz. In einer Mail schreibt mir ein Biker, er hat, nachdem er meine Seite gelesen hat, für sich und seine Familie Rückenprotektoren bestellt. Es ist ein schönes Gefühl, zu wissen, dass ich da draußen etwas bewege, dass meine Arbeit nicht mehr nur reiner Selbstzweck ist. Ganz ehrlich gesagt macht es mich sogar ein kleines bisschen stolz.

10.5.2008 Die Chance hat nicht jeder

Langsam geht meine Entwicklung immer mehr in Richtung Alltag. Ich merke es daran, dass mein Mitteilungs-bedarf immer weniger wird. Vielleicht liegt es aber auch am Wetter. Mich hält einfach nix am Computer. Ich habe mich jetzt fast ein Jahr lang ausgeruht und habe ständig das Gefühl, ich würde etwas verpassen. Ich bin richtig aufgeregt, wie ein Kind am Vorabend seines Geburtstags. Ein Zeichen, dass sich wieder eine Entwicklungsphase dem Ende zuneigt. Prima, dann geht wieder was Neues los. Diese ganze Entwicklung noch einmal neu zu erleben, sich praktisch noch einmal neu zu definieren - wer hat denn diese Chance schon?

12.5.2008 Die Gier nach Leben

Gestern Abend lief mal wieder einer meiner Lieblingsfilme, True Lies, mit Arnold Schwarzenegger und Jamie Lee Curtis. Da gibt es eine Szene, als Arnold glaubt, sie betrügt ihn. In einer spektakulären Aktion werden sie und ihr vermeintlicher Liebhaber verhaftet. Jamie sitzt jetzt im Verhörraum vor diesem Riesenspiegel und Arnold fragt sie mit verfremdeter Stimme nach dem Warum.

Sie sagt, weil sie das Gefühl hatte, wieder zu leben. Ich habe den Film nun wirklich schon oft gesehen, aber bei dieser Szene hat es bei mir geklickt. Wobei - geklickt trifft es nicht so ganz, das war eher, als hätte jemand einen riesigen Gong angeschlagen, so ein Teil wie bei Indiana Jones und der Tempel des Todes. Bei so einem Gong, da schwingt der ganze Körper mit…

Das Gefühl wieder zu leben.

Zu LEBEN!!!

Genau das ist es.

Darum flirte ich alles an, was nicht bei drei auf dem Baum ist. Darum werde ich stinksauer, wenn ich mal länger warten muss. Darum habe ich ständig das Gefühl, ich würde etwas verpassen.

Es ist das Gefühl, wieder zu leben, eine regelrechte Gier nach Leben. Ich versuche, jeden Augenblick so intensiv zu er-Leben, wie nur möglich.

In meinem alten Leben war es schön, einfach mal einen Sonntag auf der Couch zu verbringen. Frisches Popcorn gemacht, Füße hoch, Fernseher an, und gut isses.

Dagegen bin ich momentan hyperaktiv. Egal wo ich bin, schon muss ich wieder weg, ich könnte ja irgendwo anders etwas verpassen. Da muss ich, glaube ich, noch mal dran arbeiten. Aber jetzt weiß ich wenigstens, woran ich bin.

Wobei - jeden Augenblick so intensiv, wie möglich zu erleben, den Blick für die kleinen Dinge, das muss ich auf jeden Fall behalten.

Wozu so'n oller Arniefilm doch gut ist…

16.5.2008 *Ich bin Auto gefahren, SELBER!*

Eigentlich wollte ich mich bloß mal in der Fahrschule beraten lassen, was ich so brauche, um wieder mobil zu werden. dass ich den Führerschein umschreiben lassen muss, habe ich mitbekommen. Ich darf dann nur noch Autos fahren, die für Handbetrieb umgebaut sind.

Aber was brauch ich sonst noch? Handgas und -bremse, Spezialsitz, vielleicht spezielle Spiegel, eine Verladehilfe für den Rollstuhl, was auch immer.

Irgendwann meint mein Gegenüber: "Wollen wir mal 'ne Runde drehen?" OK, es war ein ziemlicher Akt, bis ich hinterm Steuer saß. Aber dann! Nach fast einem Jahr mal wieder selbst ein Auto steuern…

Das Gefühl ist kaum zu beschreiben. Begeisterung, Angst, Spaß - also, wenn ich jetzt einen Herzkasper kriege, dann braucht der Bestatter locker zwei Stunden, um das Grinsen von meinem Gesicht zu schminken.

Und das Ein- und Aussteigen, da hab ich meine Steffi für, die bringt mir das bei.

17.5.2008 Sachen gibt's...

Ich bin gerade im Rollerforum und schreibe einen Diskussionsbeitrag zum Thema Rückenprotektoren. Da höre ich ein Brummen näher kommen, das mir irgendwie komisch vorkommt. Ich schaue aus dem Fenster und sehe das knallgelbe Leihtrike unten vorbei fahren, mit dem mein Freund und seine Frau an dem Tag vor mir her fuhren, als ich das Laufen verlernte. Schon merkwürdig…

22.5.2008 Hilfe – Einfach mal so eben

Ich bin mal wieder für ein langes Wochenende zu Hause. Gestern waren wir im Baumarkt und wollten Material für eine kleine Terrassenrampe holen, damit ich alleine auf die Terrasse komme. Kommt eine Freundin meiner Frau mit ihrem Mann um die Ecke. Großes Wiedersehen, ich spüre, das ist echt, die knuddelt mich, weil sie sich freut, mich mal wieder zu sehen und nicht, weil man das so macht. Wie ihr Mann sieht, was wir da auf unseren Wagen laden, meint er nur, pack' das Zeugs mal wieder weg, das hab ich alles im Keller stehen, das nimmt mir eh bloß Platz weg. Noch am selben Tag habe ich meine Terrassenrampe.

Jetzt stehe ich auf der Terrasse, selbst, ohne Hilfe rausgefahren und habe wieder einen kleinen Sieg in Richtung Selbstständigkeit in der Tasche. Die beiden wollten eigentlich in Urlaub fahren, da könnte man doch eigentlich, einfach nur so, auf dem Weg in den Urlaub, mal eben - ich find's einfach gigantisch.

Es sind so viele und alle helfen auf ihre Art.

Meine Mutter fällt mir ein, inzwischen fast 80, Entschuldigung, fast 79. Sie hat selbst zwei schwere Unfälle hinter sich. Von ihr habe ich gelernt, mich immer wieder aufzurappeln. "Sohnemann, Du must Dir jeden Morgen selbst in den A… treten". Mit'm Querschnitt nicht ganz unkompliziert.

Meine Schwester, die mich mit ihren Mails immer wieder aufbaut, einfach weil sie mich ganz normal behandelt und nicht in Watte packt.

Meine Bogensportfreunde, Anruf genügt.

Mein Duopartner, der einfach mal eben einen Wandhalter für die Strickleiter zusammenschweißt, weil die Decke das nicht aushält. Der hält nicht nur, der sieht auch noch was aus. Also - der Halter…

Und viele, viele, die einfach so mal eben, ohne großes Tata und Brimborium anpacken.

Manche nehmen das als selbstverständlich. Für mich ist das keine Selbstverständlichkeit. Ich wollte das einfach mal festgehalten wissen.

23.5.2008 Mein Helm

Heute haben wir beim Aufräumen meinen Helm gefunden, den ich bei dem Unfall trug. Als ich die Spuren gesehen habe, ist mir nachträglich noch ganz anders geworden.

Komisch: Eigentlich sollte man einen Helm nach einem kräftigen Aufprall wegwerfen. Ich konnte ihn noch nicht mal anfassen. Ich habe die Schachtel wieder zu gemacht und zurück zu den Umzugskisten geschoben. Ohne den Helm würde ich jetzt diese Worte mit Sicherheit nicht schreiben. Ob das daran liegt?

25.5.2008 *Eine starke Frau*

Gestern habe ich eine (super liebe) Frau kennen gelernt, die vor nicht langer Zeit ihren Mann verlor und jetzt vier Kinder allein erzieht. So neben Beruf und Haushalt. Ach ja, einen Hundewelpen hat sie sich auch noch zugelegt. Nicht, dass Langeweile aufkommt…

Ich für meinen Teil habe noch meine ganze Familie, die mir den Rücken frei hält, aber sie muss das wirklich alleine stemmen. Nach dem ersten Schock hat sie innerlich die Ärmel hoch gekrempelt und zugesehen, dass sie ihr Leben wieder in den Griff bekommt.

Sie strahlt einen Humor und Lebensmut aus, das ist schon beeindruckend. Da ziehe ich ganz tief den Hut davor. Einen Satz von ihr fand ich besonders treffend. Sie sagt, wenn noch einmal jemand zu ihr sagt, was sie doch für eine starke Frau ist, dann bekommt sie einen Schreikrampf. Das kann ich verstehen. Menschen, die durch so traumatische Situationen durch müssen, entwickeln aus reinem Überlebensinstinkt die Stärke, die nötig ist um das Ganze durchzustehen. Oder sie zerbrechen daran. Ent oder weder, hopp oder topp - dazwischen gibt es nichts.

Das kann ich aus meiner Situation heraus nachvollziehen. Kraft, Humor, eine gesunde Portion Sturheit und ein Schuss Egoismus - Daraus entwickelt sich die Stärke, die man braucht, um diesen steinigen Weg zu gehen, fast von selbst.

Es gibt noch einen breiten, einen einfachen Weg. Der heißt Selbstmitleid. Von denen kenne ich auch ein paar. Aber da will ich gar nicht weiter drüber nachdenken.

Ich bekomme auch positives Feedback zu der Art, wie ich mit meiner Behinderung umgehe. Auch ich habe diese Kraft aus reinem Selbstschutz entwickelt. Und so ein bisschen Lob, das höre ich eigentlich ganz gern.

27.5.2008   Ob ich wohl ...

... als Stand.-Up-Comedian Erfolg hätte?

30.5.2008   "Nur" ein Lächeln...

Ich höre dauernd, die Menschen würden immer unfreundlicher werden. Kaum jemand grüßt noch, wenn er einen Raum betritt, etc., etc…

Ich habe mir angewöhnt, egal wie meine Umwelt zu mir ist, jedem höflich und mit einem Lächeln gegenüber zu treten.

Es ist kaum zu glauben, aber das funktioniert! Nach einer gar nicht so langen Weile sind die Menschen, die mich umgeben, irgendwie besser drauf. Freundlicher, sie kennen die Tageszeit wieder und vor allem, das Lächeln, das bekomme ich mit Zins und Zinseszins zurück.

Ich rolle jetzt auch nicht permanent mit einem ein gewachsenen Dauergrinsen durch die Gegend, bin auch kein Fan von Kalendersprüchen.

Nur ein kleines Lächeln - als ich das damals hörte, dachte ich: "Wieder so' n dummer Spruch…"

Es ist unglaublich, aber es funktioniert wirklich. Sogar bei mir selbst.

Und 's koscht nix.

5.6.2008   ... alte Freunde

Es gibt so was, wie beste Freunde. 2 davon hatte ich auch über Jahre. Wir haben, ach, alles geteilt. Die Freizeit, die Pubertät, die Musik, manchmal sogar die Freundinnen (*Wer sich noch erinnern kann, das war in den 70ern normal*). Irgendwann kam der Beruf, man heiratet, man verliert sich aus den Augen.

Heute mache ich meine Mailbox auf und mir fällt fast der Bart aus dem Gesicht. Das Grinsen kenn ich doch! Gut, jünger sind wir beide nicht geworden, schlanker waren wir auch mal. Aber das Grinsen, das ist noch original wie früher.

Sogar die Frau ist noch dieselbe. Chapeau! Das gibt ne Menge zu erzählen.

Wenn ich jetzt zu Hause wäre, würde ich, genau wie die beiden, schon bis zum Bauch in alten Fotoalben stecken.

Das müssen doch mindestens 20 Jahre sein.

8.6.2008   ... Ehrlichkeit im Alltag

Als ich für meine Pflegestufe begutachtet werden sollte, sagten alle, ich solle mich ins Bett legen und überhaupt nichts können. Ich weigere mich, dieses Spiel mit den kleinen Lügen im Alltag weiter mit zu spielen. Die Gutachterin ging natürlich davon aus, dass ihr einer vorgemacht wird und so wurde ich viel zu niedrig eingestuft. Gut, dann muss ich das eben korrigieren lassen, gegebenenfalls gerichtlich. Das ist ein gutes Beispiel, wie unser Alltag inzwischen funktioniert. Warum muss ich denn der Bedienung ein Trinkgeld geben, wenn ich total unfreundlich bedient wurde. Privat geht es doch auch. Wenn ich sage: "Du siehst toll in dem Kleid aus" dann meine ich das auch. Und ich meine nicht: "Grün ist, glaube ich, nicht unbedingt Deine Farbe".

Herr Wachtmeister, ich will nur schnell jemand aussteigen lassen. Und unter dem Fenster liegen schon 5 Kippen.

Mensch, Du hast Dich überhaupt nicht verändert. Toll. Du hast noch das selbe Lachen, die selbe Frisur, die selbe Frau, was auch immer, ist nicht nur ehrlicher, es klingt auch viel charmanter. Authentisch. Weil ich damit meinem Gegenüber zeige, dass ich ihn ernst nehme, nicht nur eingeübte Geräusche produziere, um eine eventuelle Verlegenheit zu überspielen. Die vielleicht sogar erst durch die erste kleine Unwahrheit entstand. Klar, für mich ist das einfach, weil ich durch meinen Unfall die Chance bekam, mich neu zu definieren. Aber das gilt nur für den ersten Schritt. Das Ganze durchzuhalten, das ist das eigentlich Schwere. Für jeden. Aber einer muss einfach damit anfangen.

Der Mann, der den Berg abtrug, war der erste, der anfing kleine Steine weg zu räumen, hab ich mal irgendwo gelesen.

So langsam komme ich dahinter, was damit gemeint ist.

14.6.2008   Ungefähr um diese Zeit ...

… hat man mich vor einem Jahr aus dem OP gerollt.

Eigentlich müsste ich jetzt deprimiert sein, oder wenigstens melancholisch. Wieso eigentlich?

Mir fällt was ganz anderes ein, das ist mir das ganze Jahr noch nicht aufgefallen, erst jetzt, wo ich mir ein paar Bilder ansehe.

Auf einem bin ich im Rollstuhl zu sehen, mit ner Gitarre vorm Bauch und nem Mikro unter der Nase:

Bei mir hat der Begriff Rock 'n Roll 'ne volkommen eigene Bedeutung.

Lustig.

29.6.2008 Telefonterror

Letzte Nacht war's mal wieder soweit.
Irgendwo auf dem Gang hat ein Telefon geklingelt. 10, 15 Mal
vielleicht. Pause. Dann wieder, etliche Male. Pause. Und noch
einmal.

Da könnte ich an die Decke gehen. Erstens, wir liegen hier
in einer Klinik, in der jeder sein eigenes Telefon hat. Wie groß,
glauben diese Geistesriesen eigentlich, sind unsere Zimmer? So
groß, dass wir erst nach 20 Mal Klingeln am Telefon sein
können?

Wenn ich nach 3-4 Mal Klingeln nicht am Telefon bin,
dann bin ich entweder nicht da, oder ich komme nicht dran.
Dann bin ich aber zwei Minuten später immer noch nicht da.

Und wenn ich nachts um halb zwölf noch nicht im Zimmer
bin, dann erreicht ein Anrufer lediglich, dass die ganze Etage
wach ist. Spätestens nach der dritten Klingelorgie. Aber wenn
man natürlich seine gesamte geistige Kapazität aufgebraucht
hat, um eine längere Telefonnummer herauszusuchen und zu
wählen, dann kann man es natürlich nur so lange klingeln
lassen, bis das eigene Telefon aufgibt. Aber zum Glück gibt es
ja die Wahlwiederholungstaste, damit dann auch der letzte auf
der Etage mitbekommt, dass man wieder einmal eine geistige
Höchstleistung vollbracht hat.

Speziell nachts ist das ungeheuer eloquent.

4.7.2008   Ob das am Wetter liegt?

Irgendwie rasen die Tage nur so vorbei. Ich möchte so viel
machen, so viel geht mir durch den Kopf, das aufschreibenswert
wäre.

Aber wenn ich mit meinen täglichen Verrichtungen fertig bin, dann setze ich mich viel lieber in die Sonne - kurz, bevor sie weg ist.

Meine Gitarre schaut mich aus der Ecke schon ganz vorwurfsvoll an, so als wollte sie sagen: "Heh, ich bin auch noch da".

Mir geht es von Tag zu Tag besser, ich versuche, so viel wie möglich in den Tag zu packen.

Dann ärgere ich mich, dass mir so wenig Zeit bleibt, um einfach mal in der Sonne zu sitzen.

Falle ich wieder in den alten Trott zurück?

Nein.

Ich sollte allerdings ein wenig aufpassen, nicht dass ich mir einen neuen Trott bastele.

Aber das Leben, mein gerade angefangenes neues Leben, wird jeden Tag kürzer und ich hab noch so viel vor.

Noch höre ich die Vögel singen.

Das liegt einfach daran, dass gerade so viel passiert. Das Leben ist mal wieder richtig spannend geworden.

Und es liegt natürlich auch am Wetter.

Woran sonst?

13.7.2008 *Straßenbahn fahren*

Mit meinem Behindertenausweis und der Wertmarke des Amtes für Soziale Angelegenheiten darf ich im Verbundbereich

Straßenbahn fahren und sogar noch jemand mitnehmen. Jede Straßenbahn - in die ich hineinkomme.

Jetzt habe ich das mal ausprobiert, gemeinsam mit meiner liebsten Straßenbahnmitfahrerin. Selbst bei einem Bahnsteig, der auf gleicher Höhe ist, wie der Einstieg der Straßenbahn sollte auf jeden Fall noch eine Begleitperson dabei sein. Unter der Tür fährt eine kleine Plattform heraus, die den Spalt zwischen Bahnsteig und Einstieg überbrücken soll. Diese bildet dann selbst zwei Spalten, die mehrere Zentimeter breit sind. Ich habe alleine probiert, einzusteigen. Den ersten Spalt konnte ich mit angekippten Vorderrädern überwinden, die beim Herunterkommen zielgenau im zweiten Spalt landeten. Zum Glück war meine bessere Hälfte direkt hinter mir und half mir noch einmal neu anzukippen.

Das Fahren selbst ist sehr angenehm, sobald beide Bremsen am Rollstuhl zu sind.

Das Aussteigen ging schon besser.

Ich könnte rein theoretisch mit der Straßenbahn von der Reha-Klinik fast nach Hause fahren, wenn ich nicht über den Rhein müsste. Die linksrheinische Seite ist barrierefreiheiliches Entwicklungsland. Es gibt genau 2 Haltestellen, an denen ich mit Hilfe aussteigen kann. Ohne Hilfe hast du keine Chance.

Ja, liebe Stadt-, Netz-, oder Was-auch-immer-Planer, da gibt es noch viel zu tun.

Mein Vorschlag: Setzt Euch mal selbst in einen Rollstuhl, aber einen Standard-Aktiv-Rollstuhl und probiert jede einzelne Haltestelle selbst aus.

Die Realität läßt sich eben nicht komplett im CAD abbilden…

18.7.2008   *It's only rock 'n roll ...*

... but I like it!

Ist zwar bloß Rock 'n Roll, aber ich mag's halt. Gestern hatte ich den 2. Gig in meinem neuen Leben. Die Musik hat mir schon einige Male aus dem einen oder anderen Tief heraus geholfen. Ich glaube, an anderer Stelle habe ich das schon mal erwähnt, aber gestern hat es sich mal wieder bewiesen. Morgens bin ich dann immer der festen Überzeugung, ich werde langsam zu alt für solche Aktionen. Wenn ich aber dann auf der Bühne stehe, das Mikro vor der Nase und irgendwas Krach machendes in den Fingern und dann die Leute noch mitgehen, das ist besser als Sex, ganz ehrlich. Da kommt auch keine Droge mit. Dieser Tage las ich mal wieder in einem Forum, dass jemand ja so gerne Musik machen würde, aber die Behinderung...
Leute, was hält Euch denn ab? Der Musik ist es egal, wie groß, klein, behindert oder nicht behindert jemand ist. Psychologen bezeichnen Musik als selbst belohnend, weil bereits beim Musizieren entsprechende Belohnungsstoffe im Gehirn ausgeschüttet würden.

Hört sich furchtbar gelehrt an. Die gehen wahrscheinlich auch mit nem Zollstock ins Bett, damit sie wissen, wie tief sie geschlafen haben.

Mucke ist - ja eben Mucke. Nicht möchten, einfach machen. Geh raus und spiel!

Und wenn's am Anfang ein bisschen schräg klingt, it's Rock 'n Roll!

5.9.2008   *Schwimmen*

Die ganze Zeit konnte ich nicht ins Wasser. Entweder ich hatte Durchfall, einen Infekt oder eine offene Stelle. Endlich ist mal gar nichts und ich darf wieder ins Bewegungsbad. Meine Therapeutin ist heute nicht da, was aber kein Problem ist. Da betreut mich eben eine andere. Die mich nicht kennt. Die nicht weiß, dass ich ohne Schwimmhilfe untergehe, wie ein Stein. Und plötzlich schwimme ich. Mein Körper erinnert sich wieder. Die Beine hängen natürlich einfach so herum, aber die Arme kompensieren es und ich schwimme. ICH SCHWIMME!!!.

Ich schaue ganz normal mit dem Kopf aus dem Wasser, meine Arme bewegen sich und geben Auftrieb. Ich kann sogar den Toten Mann machen. Von außen sehe ich aus, wie ein ganz normaler Schwimmer, nichts besonderes. Und genau das ist es! Ganz normal. Nichts besonderes. Ganz lässig treibe ich dahin, als hätte ich nie das Schwimmen verlernt. Habe ich auch nicht, mein Körper hat es einfach nur vergessen und hat sich jetzt wieder erinnert. Unsere Sprache hat doch so viele Worte und ständig kommen neue dazu. Aber keins passt, um zu beschreiben, was das für ein Gefühl ist. Doch - unbeschreiblich!

2.10.2008 Zu Hause

Ich bin zu Hause.

Das lasse ich mir ganz langsam auf der Zunge zergehen:
Ich bin zu Hause!

Es gibt noch viel zu organisieren, Physiotherapie und Podologie finden, die Hausbesuche machen, einen Urologen und einen Neurologen finden. Den Handwerkern, die hier schon längst für Barrierefreiheit gesorgt haben sollten, mal ganz intensiv ins Auge schauen. Vielleicht passe ich auch einfach mein Zahlungsverhalten der jeweiligen Termintreue an. Den nächsten Auftrag werde ich wohl Pönalisieren, vielleicht gehts dann.

Aber jetzt bin ich erst mal zu Hause.

Ärmel hoch gerollt und los…

Epilog

Am 1. Oktober 2008 begann die letzte Phase meiner Wiedereingliederung, das Praktikum bei meinem alten und neuen Arbeitgeber. Austesten, was geht und was nicht, welche Hilfsmittel ich noch brauche. Schaffe ich es überhaupt wieder, voll dran zu gehen? Dafür darf ich für drei Monate nach Hause. Für die Abschlussuntersuchungen gehe ich zum Schluss noch einmal für einige Tage in die Klinik. Bis dahin werde ich mich entscheiden - gehe ich in Vollrente, in Halbrente oder arbeite ich wieder in Vollzeit.

Inzwischen habe ich mir die verschieden Szenarien mal ausrechnen lassen. Was ich jetzt im Monat als Vollrente bekäme, das haben wir in meiner Zeit als Berufsmusiker locker an einem Abend versoffen.

Dazu kommt, dass mir mein Beruf richtig Spaß macht. Also werde ich wohl noch ein paar Jährchen arbeiten...

Danke

Ohne das Bewusstsein, dass meine Familie immer hinter mir steht, wäre ich erst gar nicht soweit gekommen, das Buch zu schreiben.

Danke für Eure Liebe und Unterstützung, die ich immer noch brauche.

Ich habe das Buch zwar geschrieben, aber ohne Hilfe wäre es nicht entstanden. Stellvertretend für so viele möchte ich einigen besonders danken.

Danke an Steffi und Gerd, die mir nicht nur immer wieder Mut gemacht, sondern auch so manches gehend gemacht haben.

Danke an Tobi und Susanne für den fachkundigen Rat, die Hilfe und die Kritik.

Danke an die PflegerInnen und TherapeutInnen, speziell im Klinikum Langensteinbach und in der Heinrich-Sommer-Klinik in Bad Wildbad für die herrlichen Anekdoten, die ich erleben durfte.

Danke auch an diejenigen, die mich nicht in Watte gepackt haben, sondern mich unermüdlich anspornten, wenn mir mal nicht so danach war.

Den Floh, das Buch zu schreiben, hat mir „*Der-Mit-Der-Elli-Tanzt*" ins Ohr gesetzt. Dir und denen, die mich mit Mails, Posts und Gästebucheinträgen immer wieder aufs Neue motivierten gilt mein besonderer Dank.